Rainer Maria Rilke
Worpswede

Rainer Maria Rilke
Worpswede

1.Aufl.
Taschenbuch – Literatur - Klassiker
Herausgeber Frank Weber, Marburg
Bibliografische Information der Deutschen Nationalbibliothek:
Die Deutsche Nationalbibliothek verzeichnet diese Publikation in der Deutschen
Nationalbibliografie; detaillierte bibliografische Daten sind im Internet abrufbar über
http://dnb.dnb.de
© 2020 Rainer Maria Rilke
ISBN: 9783753407364
Herstellung und Verlag: BoD – Books on Demand, Norderstedt

Inhalt

Fritz Mackensen • Otto Modersohn
Fritz Overbeck • Hans am Ende
Heinrich Vogeler
(1902)

Zum Eingang

Dieses Buch vermeidet es zu richten. Die fünf Maler, von denen es handelt, sind Werdende. Was mir bei der Betrachtung eines jeden Einzelnen vorbildlich war, lautet mit Jacobsens Worten: »Du sollst nicht gerecht sein gegen ihn; denn wohin kämen die Besten von uns mit der Gerechtigkeit; nein; aber denke an ihn, wie er die Stunde war, da du ihn am tiefsten liebtest...«

Einleitung

Die Geschichte der Landschaftsmalerei ist noch nicht geschrieben worden und doch gehört sie zu den Büchern, die man seit Jahren erwartet. Derjenige, welcher sie schreiben wird, wird eine große und seltene Aufgabe haben, eine Aufgabe, verwirrend durch ihre unerhörte Neuheit und Tiefe. Wer es auf sich nähme, die Geschichte des Porträts oder des Devotionsbildes aufzuzeichnen, hatte einen weiten Weg; ein gründliches Wissen müßte ihm wie eine wohlgeordnete Handbibliothek erreichbar sein, die Sicherheit und Unbestechlichkeit seines Blickes müßte ebenso groß sein wie das Gedächtnis seines Auges; er müßte Farben sehen und Farben sagen können, er müßte die Sprache eines Dichters und die Geistesgegenwart eines Redners besitzen, um angesichts des weiten Stoffes nicht in Verlegenheit zu geraten, und die Waage seiner Ausdrucksweise müßte auch die feinsten Unterschiede noch mit deutlichem Ausschlags-winkel anmelden. Er müßte nicht allein Historiker sein, sondern auch Psychologe, der am Leben gelernt hat, ein Weiser, der das Lächeln der Monna Lisa ebenso mit Worten wiederholen kann wie den alternden Ausdruck des tizianischen Karl V. und das zerstreute, verlorene Schauen des Jan Six in der Amsterdamer Sammlung. Aber er hätte doch immerhin mit Menschen umzugehen, von Menschen zu erzählen und den Menschen zu feiern, indem er ihn erkennt. Er wäre von den feinsten menschlichen Gesichtern umgeben, angeschaut von den schönsten, von den ernstesten, von den unvergeßlichsten Augen der Welt; umlächelt von berühmten Lippen und festgehalten von Händen, die ein eigentümlich selbständiges Leben führen, müßte er nicht aufhören, im Menschen die Hauptsache zu sehen, das Wesentliche, das, zu dem Dinge und Tiere einmütig und still hinweisen wie zu dem Ziel und zu der Vollendung ihres stummen oder bewußtlosen Lebens.

Wer aber die Geschichte der Landschaft zu schreiben hatte, befände sich zunächst hilflos preisgegeben dem Fremden, dem Unverwandten, dem Unfaßbaren. Wir sind gewohnt, mit Gestalten zu rechnen, – und die Landschaft hat keine Gestalt, wir sind gewohnt aus Bewegungen auf Willensakte zu schließen, und die Landschaft *will* nicht wenn sie sich bewegt. Die Wasser gehn und in ihnen schwanken und zittern die Bilder der Dinge. Und im Winde, der in den alten Bäumen rauscht, wachsen die jungen Wälder heran, wachsen in eine Zukunft, die wir nicht erleben werden. Wir pflegen, bei den Menschen, vieles aus ihren Händen zu schließen und alles aus ihrem Gesicht, in welchem, wie auf einem Zifferblatt, die Stunden sichtbar sind, die ihre Seele tragen und wiegen. Die Landschaft aber steht ohne Hände da und hat kein Gesicht, – oder aber sie ist ganz Gesicht und wirkt durch die Größe und Unübersehbarkeit ihrer Züge furchtbar und niederdrückend auf den Menschen, etwa wie jene »Geistererscheinung« auf dem bekannten Blatte des japanischen Malers Hokusai.

Denn gestehen wir es nur: die Landschaft ist ein fremdes für uns und man ist furchtbar allein unter Bäumen, die blühen, und unter Bächen, die vorübergehen. Allein mit einem toten Menschen, ist man lange nicht so preisgegeben wie allein mit Bäumen. Denn so geheimnisvoll der Tod sein mag, geheimnisvoller noch ist ein Leben, das nicht unser Leben ist, das nicht an uns teilnimmt und, gleichsam ohne uns zu sehen, seine Feste feiert, denen wir mit einer gewissen Verlegenheit, wie zufällig kommende Gäste, die eine andere Sprache sprechen, zusehen.

Freilich, da könnte mancher sich auf unsere Verwandtschaft mit der Natur berufen, von der wir doch abstammen als die letzten Früchte eines großen aufsteigenden Stammbaumes. Wer das tut, kann aber auch nicht leugnen, daß dieser Stammbaum, wenn wir ihn, von uns aus, Zweig für Zweig, Ast für Ast, zurückverfolgen, sehr bald sich im Dunkel verliert; in einem Dunkel, welches von ausgestorbenen Riesentieren bewohnt wird, von Ungeheuern voll Feindsäligkeit und Haß, und daß wir, je weiter wir nach rückwärts gehen, zu immer fremderen und grausameren Wesen kommen, so daß wir annehmen müssen, die Natur als das grausamste und fremdeste von allen im Hintergrunde zu finden. Daran ändert der Umstand, daß die Menschen seit Jahrtausenden mit der Natur verkehren, nur sehr wenig; denn dieser Verkehr ist sehr einseitig. Es scheint immer wieder, daß die Natur nichts davon weiß, daß wir sie bebauen und uns eines kleinen Teils ihrer Kräfte ängstlich bedienen. Wir steigern in manchen Teilen ihre Fruchtbarkeit und ersticken an anderen Stellen mit dem Pflaster unserer Städte wundervolle Frühlinge, die bereit waren, aus den Krumen zu steigen. Wir führen die Flüsse zu unseren Fabriken hin, aber sie wissen nicht von den Maschinen, die sie treiben. Wir spielen mit dunklen Kräften, die wir mit unseren Namen nicht erfassen können, wie Kinder mit dem Feuer spielen, und es scheint einen Augenblick, als hatte alle Energie bisher ungebraucht in den Dingen gelegen, bis wir kamen, um sie auf unser flüchtiges Leben und seine Bedürfnisse anzuwenden. Aber immer und immer wieder in Jahrtausenden schütteln die Kräfte ihre Namen ab und erheben sich, wie ein unterdrückter Stand, gegen ihre kleinen Herren, ja nicht einmal *gegen* sie, – sie stehen einfach auf, und die Kulturen fallen von den Schultern der Erde, die wieder groß ist und weit und allein mit ihren Meeren, Bäumen und Sternen.

Was bedeutet es, daß wir die äußerste Oberfläche der Erde verändern, daß wir ihre Wälder und Wiesen ordnen und aus ihrer Rinde Kohlen und Metalle holen, daß wir die Früchte der Bäume empfangen, als ob sie für uns bestimmt wären, wenn wir uns daneben einer einzigen Stunde erinnern, in welcher die Natur handelte über uns, über unser Hoffen, über unser Leben hinweg, mit jener

11

erhabenen Hoheit und Gleichgültigkeit, von der alle ihre Gebärden erfüllt sind. Sie weiß nichts von uns. Und was die Menschen auch erreicht haben mögen, es war noch keiner so groß, daß sie teilgenommen hatte an seinem Schmerz, daß sie eingestimmt hatte in seine Freude. Manchmal begleitete sie große und ewige Stunden der Geschichte mit ihrer mächtigen brausenden Musik oder sie schien um eine Entscheidung windlos, mit angehaltenem Atem stille zu stehn oder einen Augenblick geselliger harmloser Frohheit mit flatternden Blüten, schwankenden Faltern und hüpfenden Winden zu umgeben, – aber nur um im nächsten Momente sich abzuwenden und den im Stiche zu lassen, mit dem sie eben noch alles zu teilen schien.

Der gewöhnliche Mensch, der mit den Menschen lebt und die Natur nur so weit sieht, als sie sich auf ihn bezieht, wird dieses rätselhaften und unheimlichen Verhältnisses selten gewahr. Er sieht die Oberfläche der Dinge, die er und seinesgleichen seit Jahrhunderten geschaffen haben, und glaubt gerne, die ganze Erde nehme an ihm teil, weil man ein Feld bebauen, einen Wald lichten und einen Fluß schiffbar machen kann. Sein Auge, welches fast nur auf Menschen eingestellt ist, sieht die Natur nebenbei mit, als ein Selbstverständliches und Vorhandenes, das soviel als möglich ausgenutzt werden muß. Anders schon sehen Kinder die Natur; einsame Kinder besonders, welche unter Erwachsenen aufwachsen, schließen sich ihr mit einer Art von Gleichgesinntheit an und leben in ihr, ähnlich den kleinen Tieren, ganz hingegeben an die Ereignisse des Waldes und des Himmels und in einem unschuldigen, scheinbaren Einklang mit ihnen. Aber darum kommt später für Jünglinge und junge Mädchen jene einsame, von vielen tiefen Melancholieen zitternde Zeit, da sie, gerade in den Tagen des körperlichen Reifwerdens, unsäglich verlassen, fühlen, daß die Dinge und Ereignisse in der Natur *nicht mehr* und die Menschen *noch nicht* an ihnen teilnehmen. Es wird Frühling, obwohl sie traurig sind, die Rosen blühen und die Nächte sind voll Nachtigallen, obwohl sie sterben möchten, und wenn sie endlich wieder zu einem Lächeln kommen, dann sind die Tage des Herbstes da, die schweren, gleichsam unaufhörlich fallenden Tage des November, hinter denen ein langer lichtloser Winter kommt. Und auf der anderen Seite sehen sie die Menschen, in gleicher Weise fremd und teilnahmslos, ihre Geschäfte, ihre Sorgen, ihre Erfolge und Freuden haben, und sie verstehen es nicht. Und schließlich bescheiden sich die Einen und gehen zu den Menschen, um ihre Arbeit und ihr Los zu teilen, um zu nützen, zu helfen und der Erweiterung dieses Lebens irgendwie zu dienen, während die Anderen, die die verlorene Natur nicht lassen wollen, ihr nachgehen und nun versuchen, bewußt und mit Aufwendung eines gesammelten Willens, ihr wieder so nahe zu kommen, wie sie ihr, ohne es recht zu wissen, in der Kindheit waren. Man begreift, daß diese Letzteren Künstler sind: Dichter oder Maler, Tondichter oder Baumeister, Einsame im Grunde, die, indem sie sich der Natur zuwenden, das Ewige dem Vergänglichen, das im Tiefsten Gesetzmäßige dem vorübergehend Begründeten vorziehen, und die, da sie die Natur nicht überreden können, an ihnen teilzunehmen, ihre Aufgabe darin sehen, die Natur zu erfassen, um sich selbst irgendwo in ihre großen Zusammenhänge einzufügen. Und mit diesen einzelnen Einsamen nähert sich die ganze Menschheit der Natur. Es ist nicht der letzte und vielleicht der eigentümlichste Wert der Kunst, daß sie das Medium ist, in welchem Mensch und Landschaft, Gestalt und Welt sich begegnen und finden. In Wirklichkeit leben sie nebeneinander, kaum von einander wissend, und im Bilde, im Bauwerk, in der Symphonie, mit einem Worte in der Kunst, scheinen sie sich, wie in einer höheren prophetischen Wahrheit, zusammenzuschließen, aufeinander zu berufen, und es ist, als ergänzten sie einander zu jener vollkommenen Einheit, die das Wesen des Kunstwerks ausmacht.

13

Unter diesem Gesichtspunkt scheint es, als läge das Thema und die Absicht aller Kunst in dem Ausgleich zwischen dem Einzelnen und dem All, und als wäre der Moment der Erhebung, der künstlerisch-wichtige Moment, derjenige, in welchem die beiden Waagschalen sich das Gleichgewicht halten. Und, in der Tat, es wäre sehr verlockend, diese Beziehung in verschiedenen Kunstwerken nachzuweisen; zu zeigen, wie eine Symphonie die Stimmen eines stürmischen Tages mit dem Rauschen unseres Blutes zusammenschmilzt, wie ein Bauwerk halb unser, halb eines Waldes Ebenbild sein kann. Und ein Bildnis machen, heißt das nicht, einen Menschen wie eine Landschaft sehen, und giebt es eine Landschaft ohne Figuren, welche nicht ganz erfüllt ist davon, von dem zu erzählen, der sie gesehen hat? Wunderliche Beziehungen ergeben sich da. Manchmal sind sie in reichem, fruchtbaren Kontrast nebenein-andergesetzt, manchmal scheint der Mensch aus der Landschaft, ein andres Mal die Landschaft aus dem Menschen hervorzugehen, und dann wieder haben sie sich ebenbürtig und geschwisterlich vertragen. Die Natur scheint sich für Augenblicke zu nähern, indem sie sogar den Städten einen Schein von Landschaft giebt, und mit Centauren, Seefrauen und Meergreisen aus Böcklinschem Blute nähert sich die Menschheit der Natur: immer aber kommt es auf dieses Verhältnis an, nicht zuletzt in der Dichtung, die gerade dann am meisten von der Seele zu sagen weiß, wenn sie Landschaft giebt, und die verzweifeln müßte, das Tiefste von ihm zu sagen, stünde der Mensch in jenem uferlosen und leeren Raume, in welchen ihn Goya gerne versetzt hat.

Die Kunst hat den Menschen kennen gelernt, bevor sie sich mit der Landschaft beschäftigte. Der Mensch stand vor der Landschaft und verdeckte sie, die Madonna stand davor, die liebe, sanfte italische Frau mit dem spielenden Kinde, und weit hinter ihr erklang ein Himmel und ein

Land mit ein paar Tönen wie die Anfangsworte eines Ave Maria. Diese Landschaft, die sich im Hintergrund umbrischer und toskanischer Bilder ausbreitet, ist wie eine leise, mit einer Hand gespielte Begleitung, nicht von der Wirklichkeit angeregt, sondern den Bäumen, Wegen und Wolken nachgebildet, die eine liebliche Erinnerung sich bewahrt hat. Der Mensch war die Hauptsache, das eigentliche Thema der Kunst und man schmückte ihn, wie man schöne Frauen mit edlen Steinen schmückt, mit Bruchstücken jener Natur, die man als Ganzes zu schauen noch nicht fähig war.

Es müssen andere Menschen gewesen sein, welche, an ihresgleichen vorbei, die Landschaft schauten, die große, teilnahmslose, gewaltige Natur. Menschen, wie Jacob Ruysdael, Einsame, die wie Kinder unter Erwachsenen lebten und vergessen und arm verstarben. Der Mensch verlor seine Wichtigkeit, er trat zurück vor den großen, einfachen, unerbittlichen Dingen, die ihn überragten und überdauerten. Man mußte deshalb nicht darauf verzichten, ihn darzustellen, im Gegenteil: durch die gewissenhafte und gründliche Beschäftigung mit der Natur hatte man gelernt, ihn besser und gerechter zu sehen. Er war kleiner geworden: nichtmehr der Mittelpunkt der Welt; er war größer geworden: denn man schaute ihn mit denselben Augen an wie die Natur, er galt nicht mehr als ein Baum, aber er galt viel, weil der Baum viel galt.

Liegt nicht vielleicht darin das Geheimnis und die Hoheit Rembrandts, daß er Menschen wie Landschaften sah und malte? Mit den Mitteln des Lichtes und der Dämmerung, mit denen man das Wesen des Morgens oder das Geheimnis des Abends erfaßt, sprach er von dem Leben derjenigen, die er malte, und es wurde weit und gewaltig dabei. Auf seinen biblischen Bildern und Blättern überrascht es geradezu, wie sehr er auf Bäume verzichtet, um die Menschen wie Bäume und Büsche zu gebrauchen.

Man erinnere sich des Hundertguldenblattes: kriecht da die Schaar der Bettler und Bresthaften nicht wie niederes, vielarmiges Gestrüpp an den Mauern hin, und steht Christus nicht wie ein ragender einsamer Baum am Rande der Ruine? Wir kennen nicht viele Landschaften von Rembrandt, und doch war er Landschafter, der größte vielleicht, den es je gegeben hat, und einer der größten Maler überhaupt. Er konnte Porträts malen, weil er in die Gesichter tief hineinsah wie in Länder mit weitem Horizont und hohem, wolkigem, bewegtem Himmel. – In den wenigen Porträts, die Böcklin gemalt hat (ich denke vor allem an die Selbstporträts), ist eine ähnliche, landschaftliche Auffassung des Gegenstandes zu verzeichnen, und wenn ihn sonst das Porträt so wenig interessiert, ja geradezu unangenehm berührt hat, so liegt das daran, daß er nur wenige Menschen in jener landschaftlichen Art zu schauen vermochte. Der Mensch war für ihn, den der unermeßliche Reichtum der Natur verwöhnt hatte, eine Beschränkung, eine Enge, ein Einzelfall, welcher die rauschende Breite der Empfindung, aus welcher heraus er lebte, störend unterbrach. Er setzte, wo er seiner bedurfte, an seine Stelle die Gestalt. Wesen, die von Bäumen geboren zu sein scheinen, gehen durch seine Bilder, und das Meer, das er malt, erfüllt sich mit lautem lachendem Leben. Alle Elemente scheinen fruchtbar zu sein und die Welt, die der Mensch nicht betreten kann, mit ihren Söhnen und Töchtern zu bevölkern. Böcklin, der, wie kaum einer, danach strebte, die Natur zu erfassen, sah die Kluft, die sie von den Menschen trennt, und er malt sie wie ein Geheimnis, wie Lionardo die Frau gemalt hat, in sich abgeschlossen, teilnahmslos, mit einem Lächeln, das uns entgleitet, sobald wir es auf uns beziehen wollen.

Auch in die Landschaften des Anselm Feuerbach und des Puvis de Chavannes (um nur zwei Meister zu nennen) traten nur stille zeitlose Gestalten ein, die aus der Tiefe der Bilder kamen und gleichsam jenseits eines Spiegels lebten. Und diese Scheu vor dem Menschen geht durch die ganze Landschaftsmalerei. Einer der Größten, Théodore Rousseau, hat ganz auf die Figur verzichtet und man vermißt sie nirgends in seinem Werke. So entbehrlich ist auch seiner, beinahe mathematisch richtigen Welt der Mensch. Anderen lag es nahe, ihre Wege und Wiesen mit schreitenden und weidenden Tieren zu beleben; mit Kühen, deren breite Trägheit massig und ruhig in der Fläche des Bildes stand, mit Schafen, die auf ihren wolligen Rücken das Licht der Abendhimmel durch die Dämmerung trugen, mit Vögeln, die, ganz umzittert von Luft, sich in hohe Wipfel niederließen. Und da kam unversehens mit den Herden der Hirte in die Bilder hinein, der erste Mensch in der ungeheuren Einsamkeit. Still wie ein Baum steht er bei Millet, das einzige Aufrechte in der weiten Ebene von Barbizon. Er rührt sich nicht; wie ein Blinder steht er unter den Schafen, wie ein Ding, das sie genau kennen, und seine Kleidung ist schwer wie Erde und verwittert wie Stein. Er hat kein eigenes, besonderes Leben. Sein Leben ist das jener Ebene und jenes Himmels und jener Tiere, die ihn umgeben. Er hat keine Erinnerung, denn seine Eindrücke sind Regen und Wind und Mittag und Sonnenuntergang, und er muß sie nicht behalten, weil sie immer wiederkommen. Und ähnlich sind alle jene Millet'schen Gestalten, deren Silhouette so baumhaft ruhig vor dem Himmel steht oder, wie von einem immerwährenden Winde gebogen, von der dunklen Scholle sich abhebt. Millet schrieb einmal an Thoré: »Ich möchte, daß die Wesen, welche ich darstelle, aussahen als ob sie ganz in ihrer Lage aufgingen, und daß es unmöglich sei zu denken, daß ihnen der Gedanke kommen könnte, etwas anderes zu sein.« Die Lage aber, in welcher sie sich befinden, ist die Arbeit. Eine ganz bestimmte, tägliche Arbeit, die Arbeit an diesem Lande, die sie gestaltet hat, wie der Wind am Meer die wenigen Bäume formt, welche am Rande der Dünen stehen. Diese Arbeit, durch die sie ihre Nahrung empfangen, bindet sie wie eine starke

Wurzel an diesen Boden fest, zu dem sie gehören wie zähe Pflanzen, die sich von steinigem Land ein karges Dasein erzwingen. Ähnlich wie die Sprache nichts mehr mit den Dingen gemein hat, welche sie nennt, so haben die Gebärden der meisten Menschen, die in den Städten leben, ihre Beziehung zur Erde verloren, sie hängen gleichsam in der Luft, schwanken hin und her und finden keinen Ort, wo sie sich niederlassen könnten. Die Bauern, welche Millet malt, haben noch jene wenigen großen Bewegungen, welche still und einfach sind und immer auf dem kürzesten Wege auf die Erde zugehen. Und der Mensch, der anspruchsvolle, nervöse Bewohner der Städte, fühlt sich geadelt in diesen stumpfen Bauern. Er, der mit nichts im Einklang steht, sieht in ihnen Wesen, die näher an der Natur ihr Leben verbringen, ja er ist geneigt, in ihnen Helden zu sehen, weil sie es tun, obwohl die Natur gegen sie gleich hart und teilnahmslos bleibt, wie gegen ihn. Und vielleicht scheint es ihm eine Weile, als hätte man nur Städte gebaut, um die Natur und ihre erhabene Gleichgültigkeit (welche wir Schönheit nennen) nicht zu sehen und sich mit der scheinbaren Natur des Häusermeeres zu trösten, die von Menschen gemacht ist und wie mit großen Spiegeln sich selbst und den Menschen immerfort wiederholt. Millet haßte Paris. Und wenn er aus dem Dorfe immer nach der entgegengesetzten Seite hinausging wie sein Freund Rousseau, so geschah's vielleicht, weil ihn das Geschlossene des Waldes immer noch zu sehr an die Enge der Stadt erinnerte, weil die hohen Bäume auf ihn leicht wie hohe Mauern wirkten, wie jene Mauern, aus denen er wie aus einem Gefängnis entflohen war. Die Elemente seiner Kunst, welche man, im Hinblick auf seine Gestalten, Einsamkeit und Gebärde nennen könnte, sind eigentlich nicht diese figürlichen, sondern die entsprechenden landschaftlichen Werte. Der Einsamkeit entspricht die Ebene, der Gebärde der Himmel, vor dem sie sich vollzieht.

Auch er ist Landschafter. Seine Figuren sind groß durch das, was sie umgiebt, und durch die Linie, welche sie von ihrer Umgebung trennt. Von der Ebene ist die Rede und vom Himmel. Millet hat beides in die Malerei eingeführt, allein er vermochte oft nur den Kontur zu geben statt des Lichtes, das von allen Seiten aus dem ungeheuren Himmel fließt. Sein Kontur war groß, sicher, monumental, er ist das Ewige in seinem Werke, aber er weist oft mehr auf einen Zeichner oder einen Plastiker als auf einen Maler hin.

Hier ist jener brüllenden Kuh Segantinis zu gedenken auf dem bekannten Bilde, das sich in der Berliner Nationalgalerie befindet. Die Linie, mit welcher der Rücken des Tieres sich von dem Himmel abzeichnet, diese unvergeßliche Linie, ist von Millet'scher Kraft und Klarheit, aber sie ist nicht unbeweglich, sie zittert und schwingt wie eine tönende Saite, gestrichen von dem reinen Licht dieser hohen und einsamen Bergwelt.

Dieser Maler ist mit Millet verwandter als man glaubt. Er ist kein Maler des Gebirges. Die Berge sind ihm nur die Stufen zu neuen Ebenen, über welchen ein Himmel, groß wie der Himmel Millets, aber lichtvoller, tiefer, farbiger sich erhebt. Diesem Himmel ist er nachgegangen sein ganzes Leben lang und als er ihn gefunden hatte, starb er. Er starb, beinahe 3000 Meter hoch, wo keine Menschen mehr wohnen, und in stiller, blinder Größe stand die Natur um seinen schweren Tod. Sie hat auch von ihm nicht gewußt. Aber als er in das unermeßliche Leuchten jener unberührten Welt die Mutter mit dem Kinde malte, da war er dem menschlichen Leben ebenso nah wie dem anderen, dem erhabenen Leben der Natur, das ihn umgab.

In den deutschen Romantikern war eine große Liebe zur Natur. Aber sie liebten sie ähnlich wie der Held einer Turgenieff'schen Novelle jenes Mädchen liebte, von dem er sagt: »Sophia gefiel mir besonders, wenn ich saß und ihr

den Rücken zuwendete, das heißt, wenn ich ihrer gedachte, wenn ich sie im Geiste vor mir sah, besonders des Abends, auf der Terrasse...« Vielleicht hat nur einer von ihnen ihr ins Gesicht gesehen; Philipp Otto Runge, der Hamburger, der das Nachtigallengebüsch gemalt hat und den Morgen. Das große Wunder des Sonnenaufgangs ist so nicht wieder gemalt worden. Das wachsende Licht, das still und strahlend zu den Sternen steigt und unten auf der Erde das Kohlfeld, noch ganz vollgesogen mit der starken tauigen Tiefe der Nacht, in welchem ein kleines nacktes Kind – der Morgen – liegt. Da ist alles geschaut und wiedergeschaut. Man fühlt die Kühle von vielen Morgen, an denen der Maler sich vor der Sonne erhob und, zitternd vor Erwartung, hinausging, um jede Szene des mächtigen Schauspiels zu sehen und nichts von der spannenden Handlung zu versäumen, die da begann. Dieses Bild ist mit Herzklopfen gemalt worden. Es ist ein Markstein. Es erschließt nicht einen, es erschließt tausend neue Wege zur Natur. Runge fühlte das selbst. In seinen »Hinterlassenen Schriften«, die 1842 erschienen sind, findet sich folgende Stelle:.... »Es drängt sich Alles zur Landschaft, sucht etwas Bestimmtes in dieser Unbestimmtheit. Doch unsere Künstler greifen wieder zur Historie und verwirren sich. Ist denn in dieser neuen Kunst – der Landschafterei, wenn man so will – nicht auch ein höchster Punkt zu erreichen? der vielleicht noch schöner sein wird als die vorigen?«
Im Anfang des neunzehnten Jahrhunderts hat Philipp Otto Runge diese Worte geschrieben, aber noch weit später galt die »Landschafterei« in Deutschland als ein fast untergeordnetes Gewerbe, und man pflegte auf unseren Akademieen die Landschafter nicht für voll zu nehmen. Diese Anstalten hatten allen Grund, die Konkurrenz der Natur zu fürchten, auf welche schon Dürer mit so ehrfürchtiger Einfalt hingewiesen hatte. Es ergoß sich ein Strom von jungen Leuten aus den staubigen Sälen der Hochschulen, man suchte die Dörfer auf, man begann zu

sehen, man malte Bauern und Bäume und man feierte die
Meister von Fontainebleau, die das alles schon ein halbes
Jahrhundert vorher versucht hatten. Es war jedenfalls ein
ehrliches Bedürfnis, welches dieser Bewegung zugrunde
lag, aber es war eben eine Bewegung und sie konnte viele
mitgerissen haben, denen die Akademie eigentlich nicht
zu enge war. Man mußte abwarten. Von allen, die damals
hinauszogen, sind inzwischen viele in die Städte
zurückgekehrt, nicht ohne gelernt zu haben, ja vielleicht
sogar nicht ohne von Grund aus andere geworden zu sein.
Andere sind von Landschaft zu Landschaft gewandert,
überall lernend, feine Eklektiker, denen die Welt zur
Schule wird, – einige sind berühmt geworden, viele
untergegangen und es wachsen neue heran, die richten
werden.
Nicht weit aber von jener Gegend, in welcher Philipp Otto
Runge seinen Morgen gemalt hat, unter demselben
Himmel sozusagen, liegt eine merkwürdige Landschaft, in
der damals einige junge Leute sich zusammengefunden
hatten, unzufrieden mit der Schule, sehnsüchtig nach
sich selbst und willens, ihr Leben irgendwie in die Hand
zu nehmen. Sie sind nicht mehr von dort fortgegangen, ja,
sie haben es sogar vermieden, größere Reisen zu machen,
immer bange etwas zu versäumen, irgendeinen
unersetzlichen Sonnenuntergang, irgendeinen grauen
Herbsttag oder die Stunde, da, nach stürmischen
Nächten, die ersten Frühlingsblumen aus der Erde
kommen. Die Wichtigkeiten der Welt fielen ihnen ab und
sie erfuhren jene große Umwertung aller Werte, die vor
ihnen Constable erfahren hatte, der in einem Briefe
schrieb:»Die Welt ist weit, nicht zwei Tage sind gleich,
nichteinmal zwei Stunden; noch hat es seit Schöpfung der
Welt zwei Baumblätter gegeben, die einander gleich
waren.« Ein Mensch, der zu dieser Erkenntnis gelangt,
fängt ein neues Leben an. Nichts liegt hinter ihm, alles vor
ihm und:»Die Welt ist weit.«

Diese jungen Menschen, die jahrelang ungeduldig und unzufrieden auf Akademieen gesessen hatten, »drängten sich« – wie Runge schrieb – »zur Landschaft, sie suchten etwas Bestimmtes in dieser Unbestimmtheit.« Die Landschaft ist bestimmt, sie ist ohne Zufall, und ein jedes fallende Blatt erfüllt, indem es fällt, eines der größten Gesetze des Weltalls. Diese Gesetzmäßigkeit, die niemals zögert und sich in jedem Augenblicke ruhig und gelassen vollzieht, macht die Natur zu einem solchen Ereignis für junge Menschen. Gerade das suchen sie, und wenn sie in ihrer Ratlosigkeit nach einem Meister verlangen, so meinen sie nicht jemanden, der fortwährend in ihre Entwickelung eingreift und durch ein Rütteln die geheimnisvollen Stunden stört, in denen die Kristallbildung ihrer Seele geschieht; sie wollen ein Beispiel. Sie wollen ein Leben sehen, neben sich, über sich, um sich, ein Leben das lebt, ohne sich um sie zu kümmern. Große Gestalten der Geschichte leben so, aber sie sind nicht sichtbar, und man muß die Augen schließen, um sie zu sehen. Junge Menschen aber schließen nicht gerne die Augen, zumal wenn sie Maler sind: sie wenden sich an die Natur und, indem sie sie suchen, suchen sie sich.

Es ist interessant zu sehen, wie auf jede Generation eine andere Seite der Natur erziehend und fördernd wirkt; diese rang sich zur Klarheit durch, indem sie in Wäldern wanderte, jene brauchte Berge und Burgen, um sich zu finden. Unsere Seele ist eine andere als die unserer Väter; wir können noch die Schlösser und Schluchten verstehen, bei deren Anblick sie wachsen, aber wir kommen nicht weiter dabei. Unsere Empfindung gewinnt keine Nuance hinzu, unsere Gedanken vertausendfachen sich nicht, wir fühlen uns wie in etwas altmodischen Zimmern, in denen man sich keine Zukunft denken kann. Woran unsere Väter in geschlossenem Reisewagen, ungeduldig und von Langerweile geplagt, vorüberfuhren, das brauchen wir. Wo sie den Mund auftaten, um zu gähnen, da tun wir die

Augen auf, um zu schauen; denn wir leben im Zeichen der Ebene und des Himmels. Das sind zwei Worte, aber sie umfassen eigentlich ein einziges Erlebnis: die Ebene. Die Ebene ist das Gefühl, an welchem wir wachsen. Wir begreifen sie und sie hat etwas Vorbildliches für uns; da ist uns alles bedeutsam: der große Kreis des Horizontes und die wenigen Dinge, die einfach und wichtig vor dem Himmel stehen. Und dieser Himmel selbst, von dessen Dunkel- und Hellwerden jedes von den tausend Blättern eines Strauches mit anderen Worten zu erzählen scheint und der, wenn es Nacht wird, viel mehr Sterne faßt, als jene gedrängten und ungeräumigen Himmel, die über Städten, Wäldern und Bergen sind.

In einer solchen Ebene leben jene Maler, von denen zu reden sein wird. Ihr danken sie, was sie geworden sind und noch viel mehr: ihrer Unerschöpflichkeit und Größe danken sie, daß sie immer noch werden.

Es ist ein seltsames Land. Wenn man auf dem kleinen Sandberg von Worpswede steht, kann man es ringsum ausgebreitet sehen, ähnlich jenen Bauerntüchern, die auf dunklem Grund Ecken tief leuchtender Blumen zeigen. Flach liegt es da, fast ohne Falte, und die Wege und Wasserläufe führen weit in den Horizont hinein. Dort beginnt ein Himmel von unbeschreiblicher Veränderlichkeit und Größe. Er spiegelt sich in jedem Blatt. Alle Dinge scheinen sich mit ihm zu beschäftigen; er ist überall. Und überall ist das Meer. Das Meer, das nicht mehr ist, das einmal vor Jahrtausenden hier stieg und fiel und dessen Düne der Sandberg war, auf dem Worpswede liegt. Die Dinge können es nicht vergessen. Das große Rauschen, das die alten Föhren des Berges erfüllt, scheint sein Rauschen zu sein und der Wind, der breite mächtige Wind, bringt seinen Duft. Das Meer ist die Historie dieses Landes. Es hat kaum eine andere Vergangenheit.

Einst, als das Meer zurücktrat, da begann es sich zu formen. Pflanzen, die wir nicht kennen, erhoben sich, und es war ein rasches und hastiges Wachsen in dem fetten faltigen Schlamm. Aber das Meer, als ob es sich nicht trennen könnte, kam immer wieder mit seinen äußersten Wassern in die verlassenen Gebiete und endlich blieben schwarze schwankende Sümpfe zurück, voll von feuchtem Getier und langsam vermodernder Fruchtbarkeit. So lagen die Flächen allein, ganz mit sich beschäftigt, jahrhundertelang. Das Moor bildete sich. Und endlich begann es sich an einzelnen Stellen zu schließen, leise, wie eine Wunde sich schließt. Um diese Zeit, man nimmt das dreizehnte Jahrhundert an, wurden in der Weserniederung Klöster gegründet, welche holländische Kolonisten in diese Gegenden, in ein schweres, ungewisses Leben, schickten. Später folgen (selten genug) neue Ansiedlungsversuche, im sechzehnten Jahrhundert, im siebzehnten, aber erst im achtzehnten nach einem bestimmten Plan, durch dessen energische Durchführung die Ländereien an der Weser, an der Hamme, Wümme und Wörpe, dauernd bewohnbar werden. Heute sind sie ziemlich bevölkert; die frühen Kolonisten, soweit sie sich halten konnten, sind reich geworden durch den Verkauf des Torfs, die späteren führen ein Leben aus Arbeit und Armut, nah an der Erde, wie im Bann einer größeren Schwerkraft stehend. Etwas von der Traurigkeit und Heimatlosigkeit ihrer Väter liegt über ihnen, der Väter, die, als sie auswanderten, ein Leben verließen, um in dem schwarzen schwankenden Land ein neues zu beginnen, von dem sie nicht wußten, wie es enden sollte. Es gibt keine Familienähnlichkeit unter diesen Leuten; das Lächeln der Mütter geht nicht auf die Söhne über, weil die Mütter nie gelächelt haben. Alle haben nur *ein* Gesicht: das harte, gespannte Gesicht der Arbeit, dessen Haut sich bei allen Anstrengungen ausgedehnt hat, so daß sie im Alter dem Gesicht zu groß geworden ist wie ein langegetragener Handschuh.

Man sieht Arme, die das Heben schwerer Dinge übermäßig verlängert hat und Rücken von Frauen und Greisen, die krumm geworden sind wie Bäume, die immer in demselben Sturm gestanden haben. Das Herz liegt gedrückt in diesen Körpern und kann sich nicht entfalten. Der Verstand ist freier und hat eine gewisse, einseitige Entwickelung durchgemacht. Keine Vertiefung, aber eine Zuspitzung ins Findige, Stichlige, Witzige. Die Sprache unterstützt ihn dabei. Dieses Platt mit seinen kurzen, straffen, farbigen Worten, die wie mit verkümmerten Flügeln und Watbeinen gleich Sumpfvögeln schwerfällig einhergehen, hat ein natürliches Wachstum in sich. Es ist schlagfertig und geht gerne in ein lautes klapperndes Gelächter über, es lernt von den Situationen, es ahmt Geräusche nach, aber es bereichert sich nicht von innen heraus: es setzt an. Man hört es oft weithin in den Mittagspausen, wenn die schwere Arbeit des Torfstichs, die zum Schweigen zwingt, unterbrochen ist. Man hört es selten am Abend, wo die Müdigkeit zeitig hereinbricht und der Schlaf fast zugleich mit der Dämmerung in die Häuser tritt.

Diese Häuser liegen an den langen geraden »Dämmen« weit zerstreut; sie sind rot mit grünem oder blauem Fachwerk, überhäuft von dicken schweren Strohdächern und gleichsam in die Erde hineingedrückt von ihrer massigen, pelzartigen Last. Manche kann man von den Dämmen aus kaum sehen; sie haben sich die Bäume vors Gesicht gezogen, um sich zu schützen vor den immerwährenden Winden. Ihre Fenster blitzen durch das dichte Laub, wie eifersüchtige Augen, die aus einer dunklen Maske schauen. Ruhig liegen sie da, und der Rauch der Feuerstelle, der sie ganz erfüllt, quillt aus der schwarzen Tiefe der Türe und drängt sich aus den Ritzen des Daches. An kühlen Tagen bleibt er um das Haus herum stehen, seine Formen noch einmal größer und gespenstisch-grau wiederholend. Im Inneren ist fast alles *ein* Raum, ein weiter, länglicher Raum, in dem sich der

Geruch und die Wärme des Viehs mit dem scharfen Qualm des offenen Feuers zu einer wunderlichen Dämmerung mischen, in der es wohl möglich wäre sich zu verirren. Im Hintergrunde erweitert sich diese »Diele«, rechts und links erscheinen Fenster und geradeaus liegen die Stuben. Sie enthalten nicht viel Gerät. Einen geräumigen Tisch, viele Stühle, einen Eckschrank mit etwas Glas und Geschirr und die abgeschlossenen, großen, mit Schiebetüren versehenen Bettverschläge. In diesen Schlafschränken werden die Kinder geboren, vergehen die Sterbestunden und Hochzeitsnächte. Dorthin, in dieses letzte, enge, fensterlose Dunkel hat sich das Leben zurückgezogen, das überall sonst im ganzen Hause von der Arbeit verdrängt wurde.

Seltsam unvermittelt fallen in dieses Dasein die Feste hinein, die Hochzeiten, die Taufen, die Begräbnisse. Steif und befangen stellen sich die Bauern um den Sarg, steif und befangen schleifen sie den Hochzeitstanz. Ihre Trauer geben sie bei der Arbeit aus und ihre Lustigkeit ist eine Reaktion auf den Ernst, den die Arbeit ihnen auferlegt. Es giebt Originale unter ihnen, Witzbolde und Gewitzigte, Cynische und Geisterseher. Manche wissen von Amerika zu erzählen, andere sind nie über Bremen hinausgekommen. Die einen leben in einer gewissen Zufriedenheit und Stille, lesen die Bibel und halten auf Ordnung, viele sind unglücklich, haben Kinder verloren, und ihre Weiber, aufgebraucht von Not und Anstrengung, sterben langsam hin, vielleicht, daß da und dort einer aufwächst, den eine unbestimmte, tiefe, rufende Sehnsucht erfüllt – vielleicht, – aber die Arbeit ist stärker als sie Alle.

Im Frühling, wenn das Torfmachen beginnt, erheben sie sich mit dem Hellwerden und bringen den ganzen Tag, von Nässe triefend, durch das Mimikry ihrer schwarzen, schlammigen Kleidung dem Moore angepaßt, in der Torfgrube zu, aus der sie die bleischwere Moorerde emporschaufeln.

Im Sommer, während sie mit den Heu- und Getreideernten beschäftigt sind, trocknet der fertigbereitete Torf, den sie im Herbst auf Kähnen und Wagen in die Stadt führen. Stundenlang fahren sie dann. Oft schon um Mitternacht klirrt der schrille Wecker sie wach. Auf dem schwarzen Wasser des Kanals wartet beladen das Boot und dann fahren sie ernst, wie mit Särgen, auf den Morgen und auf die Stadt zu, die beide nicht kommen wollen.

Und was wollen die Maler unter diesen Menschen? Darauf ist zu sagen, daß sie nicht unter ihnen leben, sondern ihnen gleichsam gegenüberstehen, wie sie den Bäumen gegenüberstehen und allen den Dingen, die umflutet von der feuchten, tonigen Luft, wachsen und sich bewegen. Sie kommen von fernher. Sie drücken diese Menschen, die nicht ihresgleichen sind, in die Landschaft hinein; und das ist keine Gewaltsamkeit. Die Kraft eines Kindes reicht dafür aus, – und Runge schrieb: »Kinder müssen wir werden, wenn wir das Beste erreichen wollen.« Sie wollen das Beste erreichen und sie sind Kinder geworden. Sie sehen alles in einem Atem, Menschen und Dinge. Wie die eigentümliche farbige Luft dieser hohen Himmel keinen Unterschied macht und alles, was in ihr aufsteht und ruht, mit derselben Güte umgiebt, so üben sie eine gewisse naive Gerechtigkeit, indem sie, ohne nachzudenken, Menschen und Dinge, in stillem Nebeneinander, als Erscheinungen derselben Atmosphäre und als Träger von Farben, die sie leuchten macht, empfinden. Sie tun niemandem Unrecht damit. Sie helfen diesen Leuten nicht, sie belehren sie nicht, sie bessern sie nicht damit. Sie tragen nichts in ihr Leben hinein, das nach wie vor ein Leben in Elend und Dunkel bleibt, aber sie holen aus der Tiefe dieses Lebens eine Wahrheit heraus, an der sie selbst wachsen, oder, um nicht zu viel zu sagen, eine Wahrscheinlichkeit, die man lieben kann. Maeterlinck, in seinem wundervollen Buche von den Bienen, sagt an einer Stelle: »Es giebt noch keine Wahrheit, aber es giebt überall drei gute Wahrscheinlichkeiten. Jeder wählt sich eine davon aus, oder besser, sie wählt ihn, und diese Wahl, die er trifft, oder die ihn trifft, geschieht oft ganz instinktiv. Er hält sich fortan an sie und sie bestimmt Form und Inhalt aller Dinge, die auf ihn eindringen.« Und nun werden an einem Beispiel, an einer Gruppe Bauern, welche am Saum einer Ebene Getreideschober türmen, die drei Wahrscheinlichkeiten gezeigt. Es ergiebt sich die kurzsichtige Wahrscheinlichkeit des Romantikers, der verschönt indem er schaut, die unerbittliche grausame Wahrscheinlichkeit des Realisten und endlich die stille, tiefe, unerforschten Zusammenhängen vertrauende Wahrscheinlichkeit des Weisen, welche vielleicht der Wahrheit am nächsten kommt. Nicht weit von dieser Wahrscheinlichkeit liegt die naive Wahrscheinlichkeit des Künstlers. Indem er die Menschen zu den Dingen stellt, erhebt er sie: denn er ist der Freund, der Vertraute, der Dichter der Dinge. Die Menschen werden nicht besser oder edler dabei, aber, um nochmals Maeterlincks Worte zu gebrauchen: »Der Fortschritt ist nicht unbedingt erforderlich, damit das Schauspiel uns begeistert. Das Rätsel genügt...« Und in diesem Sinne scheint der Künstler noch über dem Weisen zu stehen. Wo dieser bestrebt ist, Rätsel zu lösen, da hat der Künstler eine noch bei weitem größere Aufgabe oder, wenn man will, ein noch größeres Recht. Des Künstlers ist es, das Rätsel zu – lieben. Das ist alle Kunst: Liebe, die sich über Rätsel ergossen hat, – und das sind alle Kunstwerke: Rätsel, umgeben, geschmückt, überschüttet von Liebe.

Und da lagen nun vor den jungen Leuten, die gekommen waren, um sich zu finden, die vielen Rätsel dieses Landes. Die Birkenbäume, die Moorhütten, die Heideflächen, die Menschen, die Abende und die Tage, von denen nicht zwei einander gleich sind, und in denen auch nicht zwei Stunden sind, die man verwechseln könnte. Und da gingen sie nun daran, diese Rätsel zu lieben.

Es wird nun im Folgenden von diesen Menschen die Rede sein, nicht in Form einer Kritik, auch nicht mit der Prätension, Abgeschlossenes zu geben. Das wäre nicht gut möglich; denn es handelt sich hier um Werdende, um Leute, die sich verändern, die wachsen, und die vielleicht, im Augenblick, da ich diese Worte schreibe, etwas schaffen, was alles widerlegt was vorangegangen ist. Mag ich dann immerhin von einer Vergangenheit gesprochen haben; auch das hat seinen Wert. Es sind zehn Jahre Arbeit, von denen ich hier berichte, zehn Jahre ernster, einsamer deutscher Arbeit. Und im übrigen gilt auch hier die Beschränkung, die immer vorausgesetzt werden muß, wo einer versucht, dem Leben eines Menschen wahrsagend nachzugehen: »Wir werden oft vor dem Unbekannten innezuhalten haben.«

Fritz Mackensen

Irgendwo wird jemand geboren. In einer Familie ist ein Tag der Unruhe und Aufregung, einige Nachbaren nehmen teil, einige Freunde freuen sich mit dem Vater, und es findet sich wohl auch jemand in der Verwandtschaft, der an der Wiege steht und denkt: »Das ist also ein Leben. Der erste Buchstabe eines unbekannten Alphabetes. Aus Alphabeten macht man Worte, und mit Worten ist das so eine Sache: es giebt langweilige, gewöhnliche, freudige, traurige, leichtsinnige, – es giebt auch unsterbliche Worte. Wer weiß...« Aber solche Gedanken haben keine Bedeutung. Das Kind wächst heran, sich selber fremd, allen fremd, etwas Unbestimmtes, Tiefes, Dunkles. Es geht von Hand zu Hand, aus der Hand der Mutter in die des Vaters, der giebt es dem ersten Lehrer, dieser dem zweiten – bis es auf einmal in einer Hand sich verändert. Auf der dunklen, unscheinbaren Oberfläche zeigt sich ein kleiner, heller, leuchtender Punkt, der wächst, deutlicher, glänzender wird... Und um diesen Punkt handelt es sich nun. Das erkannte der gute Lehrer Büttger, als er auf dem Gymnasium zu Holzminden seinen Schüler, Fritz Mackensen, eifrig zeichnen sah. Er unterstützte ihn darin; es war Talent in dem Jungen, und der Blick, mit dem er die Dinge ansah, war ungewöhnlich sicher, hell und liebevoll. Er sollte nach Düsseldorf.
Der Vater stand diesem Plane freundlich gegenüber, denn er verstand selbst zu zeichnen und fühlte irgendwie das Vorhandensein der Kunst »in der Natur«, wenn er an frühen Morgen oder an Sonntagabenden durch die Felder ging. In Düsseldorf kam der junge Mackensen zu Peter Janssen und – der leuchtende Punkt vergrößerte sich. Denn obwohl Janssen Historienmaler war, legte er bei seinen Schülern das größte Gewicht auf das Zeichnen und wenn schon der Trieb nach einer sicheren Erfassung der Linie in dem jungen Menschen lag, so wurde er jetzt zu

einer bewußten Energie, die ihn dauernd beherrschte. Freilich was half ihm diese Energie, als er im Jahre 1888, zweiundzwanzig Jahre alt, zu Fritz August Kaulbach kam, in dessen Münchner Atelier er, als eine Art Gehülfe, Beschäftigung fand. Oder besser: nicht finden konnte. Denn die Welt Kaulbachs war allzuweit entfernt von jener Welt, in die Mackensen schon einen Blick getan hatte, als er im Jahre 1884 zuerst Worpswede sah. Es war ein kurzer Ferienbesuch, den er, angeregt durch die Erzählungen eines jungen Mädchens, das hier zu Hause war, in dem entlegenen, aller Welt unbekannten Moordorf machte, und er mochte selbst damals nicht ganz die Bedeutung dieses Besuches erkannt haben. Aber ein anderer kam er nach München zurück, bereits ganz erfüllt von der Idee eines großen Bildes, das gemalt werden mußte und das niemand malen konnte, als er. Nicht die Idee allein war da; er hatte in Worpswede und im benachbarten Schlußdorf Studien für das Bild gemacht, und mit diesen Blättern trat er eines Tages bei Fritz August Kaulbach ein. Dessen Erstaunen mag groß gewesen sein. Er betrachtete sie aufmerksam und sagte schließlich, daß er es sich nie vergeben würde, jemanden aus seiner Weise herauszudrängen. Es war also schon eine »Weise« da. Der leuchtende Punkt hatte sich zur spiegelnden Fläche erweitert, in welcher sich schon ein Stück Welt eigenartig wiederholte. Kaulbach empfahl seinen Gehülfen an Dietz und dort arbeitete Mackensen nicht weniger eifrig, aber ohne rechte Befriedigung. Er sah sich in München um, er verbrachte ganze Tage vor Böcklin und Feuerbach in der stillen Schack-Galerie und in der Alten Pinakothek vor Rembrandts Grablegung, die er über alle Bilder stellte. Neben ihr war ihm nur noch Tizians Karl V., diese große Offenbarung eines Malers und Menschenforschers, unvergeßlich. Und wie es bezeichnend für ihn ist, daß er in der Tragödie dieses Kaiserbildes die Macht des Meisters bewunderte, der sie schreiben konnte, so ist es andererseits auch nicht unwichtig zu erwähnen, daß er sich damals aus der Bibliothek alles verschaffte, was über den großen Bauernkrieg geschrieben worden ist. Es ist, als hätte er schon damals gesucht, sich den Menschen und besonders jene ernsten und gramvollen Bauerngesichter, die er in Worpswede gesehen hatte, zu erklären. Sie beschäftigten ihn sehr, aber da sein Auge auch sonst aller Wirklichkeit willig offen war, traten sie noch vorübergehend zurück vor den Eindrücken, die die Stadt und die Natur um ihn her auf ihn machten. Vielleicht wäre er noch länger in München geblieben, wenn ihm die Zustände in der Dietz-Schule nicht so unleidlich geworden wären. Da hatte sich eine internationale blasierte Bohême zusammen-gefunden, junge Leute, die ungemein viel Zeit hatten und keine Ursache, die Arbeit ernst zu nehmen. Mackensen hatte keine Zeit. Er, der schon seinen Weg ahnte, wollte über die Vorbereitungen der Schule rasch hinweg-kommen, gewissenhaft, durch Arbeit, ohne etwas zu überspringen. Wenn ein interessantes Modell gestellt war, dann wollte er mit allen Kräften arbeiten, sich vertiefen, allein sein. Er empfand es als ein Glück, vor der Schönheit dieses Körpers zu stehen und er begriff nicht die rohen und albernen Witze der Anderen, die fortwährenden Tumulte und Tändeleien, welche die Arbeit unmöglich machten. Dieses Benehmen störte ihn nicht allein, es kränkte ihn. Diesem jungen Mann, der schon damals so streng und energisch dreinschauen konnte, kamen die Tränen nahe, wenn er diese Unflätigkeiten sah, an einer Stätte, wo er ernste, gleichbegeisterte Freunde zu finden gehofft hatte. War die Kunst nicht etwas Erhabenes und Heiliges? Er ließ sich nicht irre machen. Er glaubte an sie und er zweifelte keinen Augenblick an ihrer Allmacht. Einmal reist er, vierter Klasse, von Düsseldorf nach Holzminden. Seinen Abteil erfüllt das Stoßen und Schreien von fünf, sechs betrunkenen Schustergesellen, die, nachdem sie sich gegenseitig ausgeprügelt hatten, endlich den fremden jungen Menschen zum Ziel ihrer gemeinsamen Angriffe machen wollen. »Nun hatte ich zufällig« – erzählt Mackensen in einem Briefe – »Hefte der ›Kunst für Alle‹ bei mir. Schnell schlug ich Rembrandts Selbstporträt auf, vor dessen Kraft alles scheu zurückwich und mich wie ein Wunderkind anstarrte.«

Die Zeit in München verging. Äußerlich schien sie ja so gut wie verloren zu sein. Aber es giebt so eine Periode im Leben junger Leute, wo es fast gleichgültig ist, was sie tun. Manet hat sechs Jahre bei Couture gearbeitet; es hat ihm nicht geschadet. Er brauchte sich gar nicht dabei und hatte Zeit innerlich klar zu werden. So war es bei Mackensen auch. Jedesmal, wenn er vor der Natur steht, merkt man, wie hell es schon in ihm geworden ist, wie gut und ruhig er schon zu sehen versteht, wie genau er schon weiß, was er will. »Ich stehe vor meinem Motiv«, schreibt er einmal von Gerolfing aus. »Noch dämmerts. Tiefe, wunderbare Farben, die feinsten Töne. Noch ist es fast zu dunkel um zu arbeiten. Ich sitze da und schaue. Sehe in der Dämmerung einen fein überschnittenen Weg. Niederer Stall rechts. Ein Baum tief in der Morgenluft, weiter zurück ein Bretter- und Lattenzaun. Links eine stark verkürzte Wand und fein überschnittene Häuser mit tief blau-roten Dächern. Vor mir, breit vor dem Dorfwege, zwei hohe Dächer; aus dem einen Schornstein spielt feiner Rauch in die Luft und spielt vor einer einfachen Kirchturmspitze. Die Sonne ist aufgegangen. Hinter den Häusern liegt ein unendlicher Glanz. Fein silbern leuchtet die Luft, strahlt herüber in die Gasse, spielt zwischen den Dächern, an den Giebeln. Nach und nach stiehlt sich dieser Glanz an den Giebeln herunter, flimmert auf den Plankenrändern, gleitet herab auf den Weg. Das junge Grün, welches, von den Fußtritten der Menschen verschont, sich leise an die Wände schmiegt, leuchtet wie.... ich weiß selber nicht wie.... Und nun die Frau, die des Weges kommt: Ein tieffarbiges Kleid, ein schwarzes Kopftuch, in der zitternden alten Hand ein Gebetbuch und einen Rosenkranz.

Gebeugt, langsam kommt sie daher: ich habe genug Zeit sie zu beobachten. Wie merkwürdig der junge Morgen diese Alte umstrahlt....«

Turgenieff, hätte er diese Zeilen zu Gesicht bekommen, würde ausgerufen haben: Das muß ein Jäger geschrieben haben! Und er hätte nicht unrecht gehabt, denn Mackensen ist ein Freund des Jagens. Man muß ihn eine Birkhahnbalz beschreiben hören. Wie da aus der Dämmerung und den Geräuschen dieses Liebestanzes die Sonne aufsteigt, alles überstrahlend, gleichsam übertönend mit ihrer Herrlichkeit, das hat noch kaum jemand so einfach und überzeugend zu sagen gewußt. Freilich es leuchtet aus allen diesen Worten, mehr noch als der Jäger, der Maler hervor, wie ja auch Turgenieff in seiner unsterblichen Schilderung des Sonnenunterganges, die mit dem Satze »Das ist der Anstand –« schließt, immer noch mehr Dichter als Waidmann ist. Bei Mackensen steht hinter dem Jagen und hinter dem Malen ein gemeinsames Gefühl, das, klar wie ein Quell, aus seinem Herzen bricht und sein ganzes Wesen mit der Frische eines Frühlingsmorgens durchtränkt: seine große, kindliche Liebe zur Natur. Er liebt sie mit einer schwärmerischen Ausschließlichkeit, die man fast Fanatismus nennen könnte, wenn in diesem Begriff nicht etwas von Blindheit läge. Und blind ist diese Liebe nicht, so wenig jemals echte Liebe blind war. Sie ist sehend, scharfäugig, tiefschauend.

In seinen Landschaften ist manchmal dieses Sehen ausgeprägt Es ist als ob die Ränder aller Dinge sich daran scharf geschliffen hätten. Lieben heißt für ihn schauen, in ein Land, in ein Herz, in ein Auge schauen. Er ist einer von den Menschen, die die Augen schließen, wo sie nicht lieben können. Daß er nicht grübelt und nicht kritisiert, hängt damit zusammen. Sein Urteil ist: schauen oder abwenden. Und vor der Natur giebt es kein Urteil; sie hat immer recht. ». . . Darum sieh sie fleißig an, richte dich danach und geh nicht von der Natur in deinem

Gutdünken, daß du wollest meinen, das besser von dir selbst zu finden.... Darum nimm dir nimmer mehr vor, daß du etwas besser mögest oder wollest machen, denn es Gott in seiner erschaffenen Natur zu wirken Kraft gegeben hat, denn dein Vermögen ist kraftlos gegen Gottes Geschöpf.« In diesen schlichten Worten Dürers liegt sein Gesetz und sein Glauben. Wie oft hat er es sich selbst und anderen gesagt: »Meine Empfindung bleibt immer die gleiche. Sie kann sich nur im bewundernden Anschauen der Natur weiterbilden.« Dieses »bewundernde Anschauen« ist der Grundzug seines Lebens. Dieses »bewundernde Anschauen« wandte er schon 1884 auf das Land an, das er nicht vergessen konnte und zu dem er immer wieder zurückkam. In diesem »bewundernden Anschauen« wuchsen die Ziele, die er sich gestellt hatte, und die Freunde, die ihn umgaben; sie strömten die Kraft von Idealen aus, die er selbst ihnen verlieh. So bekam die Freundschaft eine große Bedeutung für ihn. Gerne allein, aber vor Vereinsamung bang, suchte er immer nach Gleichgesinnten und fand sie. Mit einem lieben Genossen, dem Maler Otto Modersohn, kam er im Juni 1889 wieder nach Worpswede. Ein anderer sollte nachkommen. Man wartete auf ihn; aber statt seiner traf, in den ersten Tagen schon, sein gemeinsamer Abschiedsbrief an die Freunde ein: Alexander Hecking, der Bildhauer, von dem Mackensen so Großes erwartete, hatte sich im Münchner Hofgarten erschossen. Sein letzter Wille sicherte Mackensen die Möglichkeit, etwas unbekümmerter zu arbeiten. Mit diesem erschütternden Ereignisse, dem die Freunde verstört und hülflos gegenüberstanden, setzte die Worpsweder Lernzeit ein. Es war, als sollten sie noch einmal auf den Ernst des Berufes hingewiesen werden, dem Verzweiflung und Tod so nahe ist, solange er nicht das ganze Leben durchdrungen hat. Sie hätten dieses schmerzlichen Aufrufes kaum bedurft.

Sie gingen an die Arbeit, einer dem anderen helfend, einander begreifend, wetteifernd miteinander.

Bald kam als dritter Hans am Ende hinzu. Und sie fühlten alle, daß dies der Anfang eines neuen Lebens war, und daß sie ganz ebenso wie jene Kolonisten, die aus dem Knechtdienste um der Freiheit willen herübergekommen waren, sich ein neues Land voll Heimat und Zukunft urbar machten. Der Sommer verging mit Schauen und Staunen. Unerwartet schnell war der Nachmittag da, an dem man zum letzten Mal die liebgewordenen Wege durchs Moor ging, ein fortwährendes Abschiednehmen im Blick, der sich schwer trennen konnte. Niemand sprach. Endlich auf einer Brücke stand man still. Unten lag der Schiffgraben mit seinem schweren farbigen Wasser und in seiner Tiefe klang in reichen Spiegelbildern die Herrlichkeit des Herbstes und des Himmels an. Zusammengefaßt in dem engen Rahmen dieser Ufer, gleichmäßig überzogen von den dunklen Lasuren der ruhigen Wasserfläche, schien noch einmal alles Glück, das die letzten Wochen gebracht hatten, in einem Bilde vereint zu sein. Es wirkte so stark, daß in den Dreien, die da schweigsam und traurig beisammenstanden, fast gleichzeitig der Entschluß reifte, nicht mehr an die Akademie zu gehen und den Winter über in Worpswede zu bleiben. Mackensen, der für einige Tage nach Düsseldorf gereist war, schrieb, ungeduldig wieder zurückzukehren, in einem Briefe an seine Freunde: »Kinder, wir wollen auf unserem Stück Erde zusammenhalten wie die Kletten, um später dazustehen wie die Bäume in der Kunst.«

So brach der erste Worpsweder Winter an. In dem großen Bauernhofe der Witwe Behrens wurde den jungen Malern ein wohnliches Heim bereitet, und man hielt sie dort wie die Söhne des Hauses. Hans am Ende war nur zeitweilig da, aber die beiden anderen erlebten das ganze langsame Verklingen des Herbstes, gingen zusammen durch die großen Stürme des November und fanden sich an den langen Abenden, wenn der Teekessel summte, in der warmen wohnlichen Stube ein. War man im Sommer und

Herbst meistens schweigend draußen umhergegangen, jeder für sich suchend, findend und lauschend, so kam nun eine Zeit der Gespräche und der Auseinandersetzungen, die sich oft in dem vom Qualm der langen Pfeifen ganz unwegsam gewordenen Zimmer weit in die stürmische Nacht hinein ausdehnten. Was wurde da nicht alles erörtert! Die Eindrücke des Sommers stiegen auf, wurden verglichen, geprüft, aneinandergehalten. Man suchte sich klar zu werden, was an diesem und jenem Motiv das Zwingende, das Überzeugende war. Weshalb es wirkte und worin seine Wichtigkeit lag. Man gedachte Böcklins, der das Tiefste und Wesentlichste aus der Natur herausholte und der es so selig zu sagen verstand. Erinnerungen aus Rembrandt stiegen auf und verbanden sich damit; die Landschaft in Braunschweig mit dem großen Gewitter und die Radierungen, vor allem diese. Und wenn man, ganz erschöpft von Gesprächen, nicht mehr weiter konnte, las man. Man las Bücher aus Norden. Björnson besonders. Der schien etwas Verwandtes zu haben. Man begriff die harten, ragenden Bauernfiguren, man sah sie, man lebte unter ihnen. Man begriff diese Frauen, die einmal geliebt und später gearbeitet hatten. Und die ernste, choralartige Begleitung, mit welcher die nordische Natur und die Nähe eines nördlichen Meeres jene kargen, wie in Eichenholz geschnittenen Schicksale umgab, glaubte man vor den Fenstern zu hören. Manche Stellen auch mag einer dem anderen mehr als einmal vorgelesen haben, zum Beispiel diese: »... Eines Winters war sie mit der Mutter über die Berge gegangen. Durch den frischgefallenen Schnee dahinwatend, scheuchten sie plötzlich eine Kette junger Schneehühner auf, sie flatterten empor und erfüllten auf einmal die ganze Luft vor ihnen; weiß waren die Vögel, weiß der Schnee, weiß der Wald, weiß die Luft – noch lange nachher schwebten ihr auch alle Gedanken weiß durch den Kopf...« Über solche Stellen, die bei Björnson nicht allzu häufig sind (sie muten wie Bilder von Liljefors an) kam man ganz von selbst zu Jacobsen, von dem gesagt worden ist, »daß er schriebe wie Maler malen«. »Mogens« wurde aufgeschlagen, und schon war man mitten drin in der frohen, flimmernden, atemlosen Lebendigkeit dieses unvergeßlichen Regenschauers. Und Niels Lyhne begann mit dem Porträt der Bartholine Blide auf Lönborggaard, einem Frauenbildnis von lionardesker Rätselhaftigkeit. Immer wieder hörte man von einem neuen Buche und jedes folgende brachte irgendetwas Großes, dem man zustimmte und daran man sich freute, hinzu. Die Welt wuchs. Man fühlte das Vorhandensein Gleichgesinnter überall auf den tausend verborgenen Wegen der Natur und, während man hier in der Entlegenheit dieses Moordorfs einschneite, war man auf einmal weniger allein.

Aber, wenn die beiden auch ihre stille Stube lieb gewannen, so verwöhnten sie sich doch nicht und lernten nicht hinter dem Ofen leben. Modersohn macht weite einsame Spaziergänge und Mackensen unternimmt lange Ritte tief in die Nacht hin. »Ich habe den großen Hengst geritten −« schreibt er einmal. Und als er um die Frühlingswende einen Anfall von Influenza verspürt, da läßt er sich den Wallach satteln und reitet sechzehn Stunden, ohne Absitzen. Ein Mann, der solche Medikamente gebraucht, weiß sich zu helfen.

So ließ man den Frühling kommen. Diesen ernsten, innigen Worpsweder Frühling, der mit dem Rostbraunwerden des Gagelstrauchs fast wie ein Herbst beginnt, bis die unbeschreiblich hellen Grüns der Birken wie Knabenstimmen einfallen. Aber es kam noch zu keiner eigentlichen Arbeit. Der Eindrücke waren zu viele. Und was früher war, wußte niemand. Den beiden schien es, als hätten sie noch nie gemalt, als hätte überhaupt noch nie jemand gemalt und es war unendlich schwer, den ersten Anfang zu machen. Man wußte genau was man wollte und Mackensen notiert einmal: »Ich habe gestern morgen Bilder gesehen, so originell, wie sie nur ein Millet

gemalt hat: ein Leben in größter Einfachheit... Dann die Frau, am Feuer sitzend, dann der Mann mit dem Kind! Es stürmen tausend Ideen (ausführbar) auf mich ein...« Dieses »ausführbar« in Klammer ist bezeichnend. Es nimmt sich sehr zurückhaltend und unsicher aus und scheint froh, an keinen Zeitbegriff gebunden zu sein. Die Stunde war noch nicht gekommen. Ja, im Herbste des folgenden Jahres, 1890, mußte man sogar nach Hamburg gehen, um Geld zu verdienen. Mackensen malte Porträts. Modersohn machte den zaghaften Versuch, im Hamburger Kunstverein drei kleine Landschaften auszustellen. Aber die Bilder wurden nicht aufgehängt, im Gegenteil; man stellte sie ihm auf einem leeren Kohlenwagen wieder zu. Dieser Transport hatte den noch nicht ganz trockenen Bildern nicht wohl getan.
Der junge Maler, den man so wenig aufmunternd behandelt hatte, brachte dann etwa eine Woche damit zu, mit spitzen Pinseln Tausende von Kohlenstäubchen, die seinen Landschaften einen vornehmen Galerieton gaben, aus der Leinwand herauszuholen. Diese Arbeit brachte ihn begreiflicherweise nicht weiter, und in dem damaligen Hamburg war auch sonst wenig Hülfreiches zu finden. Die Kunsthalle, in ihren vorlichtwark'schen Tagen, enthielt noch nichts von ihrem heutigen Reichtum. Und als der Frühling kam, kehrten beide, mit einem befreiten Atemholen, nach Worpswede zurück, das sie nun schon ganz als ihre Heimat betrachteten. Nun kam ein Jahr gemeinsamer Arbeit. Unzählige Studien wurden gemalt. Modersohn, dessen Art es entsprach, alle starken Eindrücke in raschen Daten festzustellen, brachte manchen Tag bis zu sechs Blätter mit nach Hause. Eine Weile lang wurde Mackensen mitgerissen; ein Wettlauf entstand, bei dem er unterlag. Er blieb zurück, holte Atem und besann sich auf sich selbst. Hier begann jeder der beiden Freunde seinen eigenen Weg zu gehen. Hatten sie bisher wie aus *einer* Kraft gelebt, so hielten sich ihre gesonderten Kräfte nunmehr das Gleichgewicht.

Sie hörten auf, eine und dieselbe Straße zu teilen, aber sie bekamen immer mehr das Gefühl, dasselbe Land nach zwei verschiedenen Seiten hin zu erforschen. Das war eine neue, reiche Gemeinsamkeit: denn, daß es ein weites Land sei, wollten sie.

Es zeigt sich immer wieder, daß die künstlerischen Ereignisse sich, weit unter der Oberfläche des momentanen Lebens, in einer gleichsam zeitlosen Tiefe vollziehen. Während Mackensen noch damit beschäftigt war, *Studien* zu malen, die ihm schwer fielen und ihn bedrückten, waren seine Kräfte tiefinnerlich schon um ein werdendes Bild versammelt, das er dann im Herbst in verhältnismäßig kurzer Zeit heruntermalte. Es war schon fertig in ihm, als er vor die Leinwand trat. Es hatte vielleicht schon im Frühjahr, als Idee, irgendwie in ihm geblüht, inzwischen war der Sommer vergangen und nun, im Herbst, fiel es von ihm ab, reif, schwer, ausgewachsen, in Einklang mit der ganzen Natur und mit allen Bäumen dieses Herbstes. Man kann dieses Bild nicht besser kennzeichnen, als es durch diese Übereinstimmung mit dem Gange des Jahres geschieht. Es gleicht einer nordischen Frucht, einem Herbstapfel mit gesunder, starker, farbiger Schale, dessen Duft schon seinen Geschmack ahnen läßt: eine herbe Saftigkeit und zugleich etwas von jener verhaltenen Süße, wie sie gewisse dunkelrote Rosen bei Einbruch der Nacht ausströmen. So ist dieses Bild, welches, im Besitze der Bremer Kunsthalle, »Der Säugling« heißt; Mackensen hat es öfters auch die Frau auf dem Torfkarren genannt. Diese beiden Namen geben seinen Inhalt: eine Frau, auf dem Torfkarren sitzend, säugt ihr Kind. Das ist Alles, das heißt, es ist der Anlaß zu Allem, was dieses Bild an Größe, Schlichtheit und Schönheit enthält. Mackensen hat es bis jetzt noch nicht übertroffen. Hier hat er mit *einem* Wort gesagt, was er später in längeren Sätzen wiederholt hat. Das soll kein Tadel sein; er hat uns zuerst ein wunderbar großes Wort seiner eigenen Sprache gezeigt und uns dann erst eingeführt in die Grammatik und den Satzbau seines Idioms. Eines ist so wertvoll, wie das andere.

Nur weil einige Meister diese Offenbarungen in verkehrter Reihenfolge aufweisen, scheinen sie uns stärker und nachhaltiger zu überraschen. Aber auf Überraschungen kommt es ja auch nicht an.

»Wo ist Millet hergekommen?« fragt Muther in seinem bekannten Buch von der Malerei. Hier hätte man fragen können: »Wo ist Mackensen hergekommen?« Wer ist es, der dieses Bild gemalt hat? Erinnern wir uns, daß es ein junger Mann ist aus dem Flecken Greene im Braunschweigischen, sechsundzwanzig Jahre alt, auf dem Lande wohnend, unter Bauern. Bei Fritz August Kaulbach und bei Dietz hat er gearbeitet, aber man merkt, daß er vergessen hat, was die ihm sagen konnten. Und außer ihnen hat ihm kaum jemand etwas gesagt. Peter Janssen vielleicht, vielleicht der Gymnasiallehrer Büttger? . .

Und Bilder? Bilder hat er wenige gesehen. Bis zu seinem achtzehnten Jahre keine. Dann eine Handzeichnung von Holbein, später in München manches: Tizian, Dürer, Böcklin und Feuerbach. Vielleicht einmal einige Reproduktionen nach Millet. Aber hindert das zu fragen: »Wo ist Mackensen hergekommen?« Es ist immer dieselbe Frage. Und die Antwort heißt: Aus sich. Aus den rätselhaften Tiefen der Persönlichkeit. Aus Vätern und Müttern, aus vergessenen Schmerzen und Schönheiten, aus vergangenen Zufällen und unvergänglichen Gesetzen. Man betrachte dieses Bild. Man präge sich diesen ruhigen Kontur ein, den Ausdruck dieses Gesichtes, auf dem die Arbeit verklingt, um der Liebe Platz zu machen, man sehe sich diese Hände an, wie sie sich groß und ruhend über dem Kinde schließen, – man wird mir zugeben, daß das lauter noch ungesagte Dinge sind, die sich hier aussprechen. Und man wird nicht umhin können zu bewundern, wie ruhig und selbstverständlich sie das tun, wie reif, ohne übertriebene Lautheit, ohne Betonung. Man versuche dieses Bild jemandem zuzuschreiben.

Bastien-Lepage vielleicht hätte es malen können, wenn er nicht so krank gewesen wäre...

»Unsere Augen sehen gesund und frei« – schreibt Mackensen einmal. Und dieses Bild ist voll von diesem gesunden Sehen. Gesundheit ist Gleichgewicht. Und hier, in diesem Bilde, ist Gleichgewicht. Gleichgewicht in der Raumverteilung, in Form und Farbe. Die Farbe ist schwer, nicht ganz frei in der Empfindung, das einzige Zögernde in dem Bilde. Aber diese Vorsichtigkeit trägt nur dazu bei, das still zurückhaltende, abwartende Wesen dieses Werkes zu steigern.

Es ist ein Devotionsbild des Protestantismus. Keine Madonna, eine Mutter; die Mutter eines Menschen, der lächeln wird; die Mutter eines Menschen, der leiden wird; die Mutter eines Menschen, der sterben wird: die Mutter eines Menschen.

Auf den Ausstellungen vom Jahre 1895 hat dieses Bild keine Rolle gespielt. Vielleicht weil es schlecht gehängt worden ist, besonders aber weil gleichzeitig ein ganz großes Bild desselben Künstlers ausgestellt war, das, obwohl es, mit seinen etwa vierzig Figuren, nicht an die Größe des Mutterbildes heranreicht, im Leben und in der Entwickelung Mackensens eine wichtige Stelle einnimmt. Es ist jenes Bild, das zu malen er sich entschloß, als er das erste Mal nach Worpswede kam. Damals sah er das Missionsfest in dem benachbarten Schlußdorf, und im Jahre 1887 sah er es wieder. Er schrieb darüber an Otto Modersohn: »Die Leute schon so zu sehen ist famos; nun denke Dir aber diese interessantesten Leute bei einem Missionsfest, tief andächtig, unter freiem Himmel. Heute morgen fuhren wir per Wagen nach einem nahen Dorf, und ich hörte bis sechs Uhr abends vier Prediger. Das heißt, ich skizzierte während dieser Predigten die andächtigen Leute. Ich bin ganz selig in dem Gedanken, später ein Bild davon malen zu können....«

Er ahnte damals noch nicht, was es heißen würde, dieses Bild zu malen. Es war keine Seligkeit. Es war ein Kampf. Gleich nachdem »Der Säugling« beendet war, ging er daran. Die Riesenleinwand stand meistens im Freien, nur im ärgsten Winter auf der Diele eines Bauernhauses. An ein Atelier war nicht zu denken. An die Kirchenmauer gelehnt, stand das Bild, Tag und Nacht. Zeitig früh, im kühlen Morgenschatten malte er. Und der Herbst war da mit seinen Stürmen. Malen hieß frieren. Malen hieß mit dem Winde ringen wie Jakob mit dem Engel des Herrn. Malen hieß nachts aufspringen und stundenlang draußen bei dem Bilde stehen, wenn der Sturm es zu stürzen drohte. Das hieß malen. Wer hat schon so gemalt?

Im nächsten Sommer, als das Bild, um der Modelle willen, in Selsingen, auf der Geest, stand, ging es nicht viel besser. Ungewöhnlich früh setzte der Herbst des Jahres 1893 ein. Und dazu die inneren Kämpfe, die Zweifel und Hoffnungslosigkeiten, die bei einer so kolossalen Aufgabe nicht ausbleiben konnten. Vielleicht, so schien es, hätte das Bild kleiner und zu Hause gemalt werden müssen, mit Studien nach der Natur. Es hatte etwas Entmutigendes mit dieser Riesenleinwand, hinter den Modellen herzuziehen, wie mit einem ungeheuren Menschenkäfig. Und jahrelang im Winde zu stehen und zu frieren.

Mackensen sah sich nach jemandem um, der helfen könnte. Bokelmann, der spätere Berliner Professor, der damals gerade in Selsingen malte und zu dem Mackensen Beziehungen hatte, redete zu, konnte aber nichts erreichen. Eine Weile dachte Mackensen sogar daran, nach München zu Uhde zu gehen. Aber schließlich ist er doch allein, ohne Hülfe, fertig geworden. In Berlin, wo er, durch Vermittelung Bokelmanns, ein Atelier in der Akademie erhalten hatte, vollendete er in den folgenden Wintern das große, schwere Bild. Er nannte es »Gottesdienst im Freien«. Und ein »Gottesdienst im Freien« waren diese drei Arbeitsjahre wirklich für ihn gewesen. Er hat sich ihn nicht leicht gemacht, seinen Gottesdienst.

Wie ein Knecht hat er seinem Gotte gedient, mit der Frömmigkeit eines Asketen und Kreuzfahrers. Nicht mit Worten, mit der Tat.

Wie sollte man es anders als freudig begrüßen, daß man in dem Bilde Spuren jenes Ringens erkennt, aus dem es entstanden ist? Sollte nur der Sieg ein Denkmal haben und der Kampf keines?

Es ist schon gesagt worden, daß es in der Gesamtwirkung dem Bilde der Frau auf dem Torfkarren nachsteht. Nun muß hinzugefügt werden, daß es in gewissen Details über jenes Bild hinausragt und zugleich es bestätigt, indem es seine Werte übertrifft. Vergleiche sind immer falsch und billig. Die Aufgabe war hier eine ganz andere; keine größere und keine geringere, aber eine längere und in vieler Beziehung schwierige. Sie ist auf der ganzen linken Seite des Bildes ausgezeichnet gelöst. Die Gruppierung ist leicht und doch dicht wie ein Gewebe. Die Wiederholung der gleichen Tracht in den Mädchen und Frauen ist zu einem Rhythmus erhoben, dessen Worte gleichsam die vielen Profile sind, die sich so wundervoll überschneiden. Diese Überschneidungen sind vielleicht das Bedeutendste in dem Bilde. In ihnen offenbart sich die Überlegenheit des Meisters. Wer sich die Mühe giebt, die ganze Sitzreihe entlang, gerade dieses Problem zu verfolgen, der wird erstaunt sein über den geradezu verschwenderischen Reichtum an Stellungen, über diese Abwandlung des Themas, das fast unerschöpflich scheint. Und in der zweiten Reihe, wie da ein altes und ein junges Gesicht zueinander stehen, – das hat, gleich liebevoll und intim, nur noch Felix Trutat zu sagen gewußt auf seinem Doppelbildnis, das man in Paris so sehr bewundert hat.

Der »Gottesdienst« war für Mackensen auch der erste Schritt in die größere Öffentlichkeit. Bekannt werden mußte in diesem Falle heißen: berühmt werden; wenigstens für München gilt dies, für Bremen, wo die Bilder zuerst ausgestellt waren, noch nicht. Dort sah sie, mit den Bildern der anderen »Worpsweder«, Herr von

Stieler, der Präsident der Münchner Genossenschaft, und er bot den fünf Malern, die jetzt in Worpswede wohnten, einen besonderen Saal im Glaspalast des Jahres 1895 an. Sie kamen, und sie waren das Ereignis der Saison. Mackensen und Modersohn vor allem. Modersohn vielleicht noch mehr. Denn für Mackensen gab es auf den ersten Blick Anklänge; das Publikum, das ja viel gesehen hat, konnte, da es flüchtig zu sehen liebt, an irgend einen Armeleutemaler denken. Viele erinnerten an Uhde. Modersohn aber konnte man sich, auch bei oberflächlichem Zusehen, nicht erklären. Trotz der Schotten. Staunend kaufte man seinen »Sturm im Teufelsmoor«, Mackensen aber erhielt, obwohl er noch gar keine Auszeichnung besaß, für den »Gottesdienst im Freien« die große goldene Medaille.

Aber es ist fast belanglos, wie die Öffentlichkeit sich zu diesen stillen, einsamen Arbeitern stellte. Hätte sie sich gesträubt, es wäre auch nicht anders gewesen. Diese Leute wußten ihren Weg und fuhren fort, ihn zu gehen.

Mackensens Weg geht geradeaus auf den Menschen zu, auf den Menschen dieser einsamen schwarzen Erde, auf der er lebte. Wo er in die Natur sah, fand er scharf umrissene Einzeldinge, aber in den Menschen, in diesen stillen nordischen Gestalten, war alles zusammengefaßt, was er suchte. Es giebt Künstler, die, wenn sie Musik hören, plötzlich einen Charakter, eine Szene, eine Stimmung begreifen, die ihnen lange unfaßbar schien: Ein Lied war imstande, die weithin zerstreuten Strahlen zu sammeln, was in der Natur entfernt oder streng getrennt nebeneinanderliegt, zu vereinen und sie empfangen von ihm, fast vollendet, was ihnen zu schaffen unmöglich schien. Was für diese Künstler die Musik ist, das ist für Mackensen die Figur: der Extrakt der Landschaft. Wo er nur Landschaften giebt, hat man das Gefühl von etwas Verdünntem, Abgeschwächtem, Leerem. In seinen landschaftlichen Zeichnungen drängt sich dies, bei aller Trefflichkeit, ganz besonders auf.

Diese Blätter wirken wie Seiten, die mit einer großen, sicheren Handschrift dicht beschrieben sind. Das Bildhafte fehlt, das Starke, Gesammelte, Konzentrierte, diese malerische Expansivkraft, die sofort wieder da ist, wo es sich um eine figürliche Darstellung handelt. Und doch ist Mackensen kein Menschenmaler; er hat keine Überlegenheit über das menschliche Gesicht, und Porträts setzen ihn in Verlegenheit. Wohl konnte er jene Menschen malen, deren Schicksale, nach dem Worte Taine's, aus der Beeinflussung der Natur entspringen und nur aus ihr. Kulturmenschen, Leute aus der Stadt sind Heimatlose für ihn, und Gott weiß woher ihre Schicksale stammen. Es fehlt ihm an Fähigkeit und an Freude, das zu erforschen. Sie muten ihn an wie abgeschnittene Blumen, die man aus einem fernen, fremden Lande geschickt bekommt. Sie sagen ihm nichts oder doch nur einen Anfangsbuchstaben, und er hat keine Lust, weiterzuraten; er müßte den Boden sehen, auf dem sie gestanden haben, die Luft, die um sie war, das Licht, das sie erwärmt und den Regen, der sie verdunkelt hat, um sich für sie interessieren zu können. Und ähnlich wie er vor solchen Blumen nicht als Künstler stünde, sondern einfach als Derundder, so ist es auch bei Aufgaben dieser Art das Private, Zufällige, gleichsam das Bürgerliche, das, indem es spricht, den Künstler in ihm stört und kränkt. Mensch (im banalen Sinne genommen) und Künstler sind ja nie ein und dieselbe Person. Der Künstler ist das Wunderbare, der Mensch das Erklärliche; der Mensch ist in dem Flecken So und So geboren, der den Künstler gar nicht interessiert; der Mensch ist, aus wasfür Verhältnissen er auch kommen mag, doch immerhin Produkt dieser bestimmten Verhältnisse, selbst dann, wenn er sie widerlegt. Den Künstler aus diesen Verhältnissen heraus ableiten zu wollen, ist falsch, schon deshalb, weil er sich überhaupt aus nichts ableiten läßt. Er ist und bleibt das Wunder, die unbefleckte Empfängnis ins Seelische übertragen; das, wovor Alle staunend stehen, am meisten vielleicht er selbst.

Man kann es bei Mackensens Bildern deutlich sehen, daß es ihnen schadet, wenn neben dem Künstler auch der Mensch bei der Arbeit beteiligt war. Sie bekommen sofort etwas Stoffliches, Anekdotisches, Sentimentales. Der Pfarrer auf dem Gottesdienst-Bild ist von der Art. Es ist, als hätte nicht der Künstler allein ihn gewählt, weil gerade *diese* Figur notwendig war, die Schlichtheit und Stille der Gruppe auf der linken Seite im Gleichgewicht zu halten; vielmehr als hätte hier ein junger Mensch seine Verehrung für diesen schönen und gütigen Greis ausgesprochen. Der *Maler* Mackensen hätte diesen Kopf nicht gebraucht; er hatte schon auf seinem Mutter-Bild eine Schönheit des menschlichen Gesichtes entdeckt, die neuer, wahrer und tiefer war.

Es hieße sich wiederholen, wollte man bei anderen, späteren Werken dieses Künstlers verwandte Betrachtungen anstellen. Es muß nur noch gesagt werden, daß sich bei allen diesen Anlässen ein überaus sympathischer, etwas altmodischer, fast mädchenhaft-zarter Mensch offenbart, den man nur deshalb zu bekämpfen hat, weil er kleiner ist als der Künstler, dem er schadet.

Ein späteres Bild Mackensens, die bekannte »Trauernde Familie«, ist ganz frei von diesem gefährlichen Dualismus. Obwohl es sich in diesem Bilde um ein Interieur handelt, ist Mackensen auch hier Landschafter. Diese Menschen stehen um den kleinen Leichnam, als stünden sie am Ufer eines Teiches, in welchem das Kind ertrunken ist. Nicht eine von den gewöhnlichen Zufälligkeiten des Innenraumes spricht hier mit herein. Und nur weil es diesen in sich versunkenen Menschen gleichgültig ist, was sie umgibt, scheinen die stillen Wände sich hinter ihnen zu schließen. Man denke, was Israels hier gegeben hätte. Das Interieur hätte gesprochen, die Dinge, das Fenster. Die Menschen, auch wenn sie ebenso regungslos gewesen wären, würden gesteigert erschienen sein, verlassen, arm, fassungslos, persönlich geworden im Schmerz. Große Menschenmaler sagen immer das Individuelle, Zugespitzte, Isolierte; hier aber in der »Trauernden Familie« ist das Allgemeine gesagt worden, das Landschaftliche gleichsam. Wenn wir einen Wald traurig nennen, dann stehen die Bäume so: Zusammengerückt und doch einzeln, stumm, hängend, wie gebunden an etwas Unsichtbares. Diese Leute haben gearbeitet. Sie haben nicht viel Zeit gehabt, sich mit dem kleinen Kinde zu beschäftigen; es ist ihnen fast fremd und macht sie, im Augenblick da es geht, verlegen wie ein Gast. Meistens war es den Geschwistern überlassen. Mit denen hat es gelebt, denen hat es zugelacht, sie begannen es zu verstehen. Auf sie fällt der Schatten dieses Verlustes. Aber ein Verlust ist nur eine Überraschung für sie, und Überraschungen sind Augenblicke. Morgen werden sie wieder lachen. Und die Eltern werden wieder arbeiten. Sie stehen still beisammen, bedrückt durch die Stille, durch die Kleider, die sie tragen, durch den unerwarteten Feiertag, der so mitten hinein in die Woche kam. Sie denken nicht an den Tod; sie denken an das Leben, das vergeht.

Wie in dem »Gottesdienst im Freien« liegt auch hier der malerische Reiz in der natürlichen, dichten Struktur der Gruppe und in den Überschneidungen. Die beiden Kinderköpfe, die durch den linken Arm des Mannes teilweise verdeckt werden, sind in dieser Beziehung besonders reif empfunden, wie überhaupt die ganze Ausfüllung des Raumes auf das sicher Können eines Meisters hinweist.

Etwas verändert klingt das Thema vom Tode in dem kleineren, aber figurenreicheren Bilde an, das »Dodenbeer« heißt. Auf der Diele eines Bauernhauses, allein in der Mitte, steht der Sarg. An den Wänden entlang sitzen die Männer schwarz, schweigsam, als ob einer den anderen nicht kennte, und wie im Freien mit ihren schwarzen, hohen Hüten. Hinten, in der Stube versammeln sich die Frauen. Einzelne dieser Figuren sind prachtvoll erfaßt, aber man möchte sagen, jede mit einem anderen Griff. Sie gehen nicht gut zusammen. Es bleiben Zwischenräume zwischen ihnen, die sich nicht ausfüllen lassen. Etwas Fragmentarisches geht durch das ganze Bild, und ein Fragment ist es, das seinen besten Wert ausmacht. Vorne links geht ein kleines Mädchen mit einem Kranze in das Bild hinein, etwas befangen und doch im Gefühle einer gewissen Würde: das ist ganz unglaublich fein ausgedrückt, etwa wie Kalckreuth es gesagt haben würde. Diese Episode wiegt das ganze Bild auf, eben weil sie so ganz ruhig und sachlich, ohne eine Spur von Sentimentalität hineingesetzt worden ist.

Von großen Bildern ist noch eines, »Die Scholle«, zu erwähnen. Es hat die Erfahrungen des Künstlers besonders nach der Seite der Farbe hin erweitert. Hier handelt es sich nichtmehr um den gleichmäßig bedeckten Himmel der früheren Bilder. Vor der wolkig – bewegten Luft stehen die beiden Frauen, welche die Egge ziehen, groß, einfach, stark in der Bewegung, die sie nicht erniedrigt. Wie die rote Jacke der einen leuchtend wird hoch im Himmel, und wie der Wind, der vor dem Abend hergeht, in den weißen Schleierhüten sich dehnt und den Eindruck des Ziehens, wie in eine andere Sprache übersetzt, wiederholt, das ist vielleicht die beste Erinnerung aus dem Bilde. Der Alte, welcher die Egge lenkt, würde vielleicht noch besser zur Geltung kommen, wenn die Bewegung der Figuren nicht ganz parallel mit der Bildfläche, sondern in einem kleinen Winkel zu ihr sich entwickelt hätte. Er wäre dann mehr zurückgetreten, wäre selbst kleiner geworden und seine nach hinten gespannte Haltung, die der Vorwärtsbewegung der Frauen etwas von ihrer Wucht nimmt, wäre nicht so sichtbar gewesen. Das Bild hatte auch an Tiefe gewonnen, wenn diese dunkle Gestalt zu dieser Tiefe in Beziehung gesetzt worden wäre.

Indessen, was das Bild enthält, ist vollkommen darin zum Ausdruck gekommen. Nur der Name ist unbefriedigt geblieben. »Die Scholle« zu malen steht Mackensen noch bevor. Er hat sie noch nicht gemalt wie man sie vom Berge sieht, wie er sie sehen wird von den Fenstern seines neuen Hauses aus: in ihrer breiten, großen, schweren Dunkelheit. Es gehört zu seinen liebsten Plänen, die flachen, fließenden Felder zu malen, wie sie sich langsam in breiten Wellen, Feld bei Feld, hinuntersenken in die Niederung der tiefen Wiesen und zu den fernschimmernden Wassern der Hamme hin.

Es ist als wäre vieles Vorbereitung gewesen für diese kommenden Bilder, die er, ebenso wie seine früheren, durch das Medium der Gestalt sehen und sagen wird. Zwei Arbeiten stehen angefangen auf seinem Atelier. Der Säemann. Mit einer schwarzen, breiten Bodenwelle, wie getragen von ihr, kommt er auf den Beschauer zugeschritten, erfüllt von der stillen, rhythmischen Wiederkehr seiner ernsten Gebärde. Millet hat sie zuerst gemalt. Er hat ihr eine fast prophetische Größe gegeben, und doch hat er ihre ganze Tiefe nicht ausgeschöpft. Über jedem Lande ist sie neu, wie das Leben, das mit jedem Menschen neu geboren wird. Sie scheint sich zu ändern je nach dem Verhältnis, in welchem Bauer und Boden zu einander stehen. In reichen, üppigen Ländern ist sie sorglos, frei und verschwenderisch. Rasch schreitet der Säende über die offenen Schollen. In anderen Gegenden geht der Bauer langsamer über sein einsames Land. Die Bewegung seines Armes ist liebevoller, nachdenklicher. Manchmal steht er fast still; die Erinnerung hält ihn auf, an die Zeit, da hier noch Moor war und Heide. Damals war er noch jung und alle Arbeit, die ihn alt gemacht hat, lag noch vor ihm.

Diesen Säemann wird Mackensen malen. Er kennt ihn; er kennt die Menschen und das Land, in dem er lebt, als ob er hier aufgewachsen wäre. Die Eindrücke, die er hier seit Jahren empfing, haben sich an die Erinnerungen seiner

Kindheit gehängt und sind verschmolzen mit ihnen. Er hat keine andere Heimat mehr und die Wahlheimat, in der er wurzelt, ist besser als eine er erbte. Er hat sie nicht geschenkt bekommen; er hat um sie geworben, hat sich sie erkämpft, Schritt für Schritt, Tag um Tag. Sie ist die Welt für ihn geworden, die Erde. Und da lebt er nun. Und alles was geschieht, geschieht hier, alles was vergangen ist, ist hier vergangen. Auch das Unvergängliche. So konnte er daran denken, jenen anderen Säemann zu malen, dessen Gebärde über die ganze Welt gewachsen ist von Aufgang nach Untergang. Und er malt den Augenblick des Ausstreuens: die Bergpredigt. Jesus steht am Rande des Berges, an eine große, gewaltige Eiche gelehnt, die mit alten Ästen nach Norden und Süden weist, nach Osten und Westen. Stille, lauschende Menschen stehen um ihn her, senken den Kopf oder sehen ihn an. Er aber schaut über sie fort, schaut wie die flachen, fließenden Felder sich langsam in breiten Wellen, Feld bei Feld, hinuntersenken in die Niederung der tiefen Wiesen und zu den fernschimmernden Wassern der Hamme hin.

Das ist kein neues Thema für Mackensen. Es ist im Grunde, was er schon immer gemalt hat. Die große Natur, gesehen und erlebt durch das Medium des Menschen. Der Schritt zur Bibel lag da sehr nahe; denn von ihr gilt was Dürer von dem guten Maler gesagt hat: Sie ist innerlich voller Figur.

Otto Modersohn

Im Sommer 1890 stellten die Schotten, die sich in dem Dorfe Cockburnspath bei Glasgow niedergelassen hatten, zum ersten Male in München aus. Man erinnerte sich ihrer noch, als 1895 die Bilder aus Worpswede kamen. Aber diese Erinnerung verminderte nicht die Überraschung, welche die Werke dieser deutschen Maler bereiten mußten. Ein bekannter Kritiker schrieb damals, am 15. Oktober 1895: »Der Erfolg, den die Maler von Worpswede auf der heurigen Jahresausstellung im Münchener Glaspalast errangen, hat in der Geschichte der neueren Kunst nicht seinesgleichen. Kommen da ein paar junge Leute daher, deren Namen niemand kennt, aus einem Ort, dessen Namen niemand kennt, und man giebt ihnen nicht nur einen der besten Säle, sondern der eine erhält die große goldene Medaille und dem anderen kauft die Neue Pinakothek ein Bild ab. Für den, der irgend weiß, wie ein Künstler zu solchen Ehren sonst nur durch langjähriges Streben und gute Verbindungen kommen kann, ist das eine so fabelhafte Sache, daß er sie nicht glauben würde, hätte er sie nicht selbst erlebt. Niemals ist eine Wahrheit so unwahrscheinlich gewesen.«
Diese unwahrscheinliche Wahrheit war vor allem Otto Modersohn. Er war mit nicht weniger als acht Bildern vertreten, acht rasch hintereinander gemalten Bildern, in denen alles Glanz, Klang und atemraubende Bewegung war. Sein »Sturm im Teufelsmoor« wirkte wie eine Ballade, gesprochen von einem greisen Rhapsoden mit weißem, wehendem Barte. Und derselbe, der einen Sturm so erleben konnte wie man ein Drama erlebt, derselbe hatte auch dieses helle, stille, gleichsam erwachende Bild gemalt, diesen »Herbstmorgen am Moorkanal«, mit seiner friedlichen Tiefe und dem einsamen Haus, das, von durchscheinenden schütteren Schatten verdunkelt, hinter den hell glänzenden, goldtragenden Birken steht.

Das waren Kontraste. Krieg und Frieden, Hymne und Hirtenlied. Aber man sah auf den ersten Blick, daß sie *ein* Mensch in sich trug, ein schauender Mensch mit einer weiten Seele, in der alles Farbe und Landschaft wurde. Man stand vor Erlebnissen. Es waren *confessions,* was da gegeben war. Bekenntnisse in Versen, in breiten, langzeiligen, rauschenden Versen. Die Sprache war neu, die Wendungen ungewöhnlich, die Kontraste klangen aneinander wie Gold und Glas. Man hatte ähnliches nie gesehen, man war beunruhigt, betroffen, ungläubig. Bis jemand den Namen Böcklin aussprach. Freilich, jeder behauptete diesen Namen auf der Zunge gehabt zu haben; Böcklin: damit war alles gesagt. Einige Vorsichtige aber meinten: Nein, nicht Alles. Und heute fühlt man sogar: Nichts.

Nein, es war wirklich nichts damit gesagt. Ein bekannter Name war neben einen unbekannten gestellt worden. Nun standen sie zum ersten Male nebeneinander. Und? Und die Bilder des Unbekannten waren erklärt, mit Etikette versehen, chronologisch eingeordnet. Und? Und man konnte das Weitere ruhig abwarten. – Von diesem Weiteren wird hier die Rede sein.

Um aber zunächst die beiden Namen, die man zusammengebracht hat, voneinander zu trennen, ist es gut, gleich zu sagen, wasfür Beziehungen zwischen diesem und jenem sich nachweisen lassen. Böcklin kam 1846 zu Schirmer nach Düsseldorf, Modersohn, als er achtunddreißig Jahre später an die Düsseldorfer Akademie kam, empfing seine ersten malerischen Anregungen aus den Landschaften Schirmers und Lessings. Das ist das Eine. Und das Andere: im Jahre 1888 besuchte Otto Modersohn zum ersten Male München und die Schackgalerie. Böcklin, der ihm dort zuerst entgegentrat, war ein großer unvergeßlicher Eindruck für ihn, man kann ruhig sagen: der größte. Corot, Millet und Dupré, die er gleichzeitig auf der Ausstellung in München kennen lernte, verblaßten daneben. Aber welchem jungen Maler mochte das damals nicht so gehen? Und geht es heute nicht allen ebenso? Böcklin ist ein Abschnitt, eine Wasserscheide, das Neue Testament der Malerei. Und vor allem der Landschaftsmalerei. Sich zu ihm zu bekehren ist selbstverständlich, an seine Lehre zu glauben nicht gefährlich, da sie längst aufgehört hat als Ketzerei zu gelten. Sie ist Staatsreligion. Und überdies vergißt man, daß gerade die Ganzgroßen jungen Leuten nichts zu sagen wissen als: »Sei du. Man weiß ja nicht ob es möglich ist, aber wenn du irgend kannst, – sei du.« Das hat Böcklin damals zu dem jungen Modersohn aus seinen Bildern heraus gesagt. Und Modersohn ging hin und versuchte es und wurde es und war es. Das ist seine Beziehung zu dem Meister von Fiesole.

Sei du! Einer sein, als Künstler, heißt: sich sagen können. Das wäre nicht so schwer, wenn die Sprache von dem Einzelnen ausginge, in ihm entstünde und sich, von da aus, allmählich Ohr und Verständnis der anderen erzwänge. Das ist aber nicht der Fall, im Gegenteil, sie ist das Gemeinsame, das keiner gemacht hat, weil alle es fortwährend machen, die große, summende und schwingende Konvention, in die jeder hineinspricht was er auf dem Herzen hat. Und da kommt es vor, daß Einer, der innerlich anders ist, als seine Nachbaren, sich verliert indem er sich ausspricht, wie der Regen im Meer verloren geht. Alles Eigene erfordert also, wenn es nicht schweigen will, eine eigene Sprache. Es *ist* nicht ohne sie. Das haben alle gewußt, die große Verschiedenheiten in sich fühlten. Dante und Shakespeare haben sich ihre Sprache gebaut, ehe sie redeten, Jacobsen schuf sich die seine, Wort für Wort. Woher sie zu holen ist, hat er besonders deutlich durch die Tat gezeigt, und Delacroix hat das Rezept gegeben in den Worten: »La nature est pour nous un dictionnaire, nous y cherchons des mots.«

Das scheint in Widerspruch zu stehen mit einer Behauptung, welche sich am Eingange dieses Buches findet, damit, daß gesagt wurde, die Natur sei, dem Menschen gegenüber, das Andere, das Fremde, das nichteinmal Feindliche, das Teilnahmslose. Und das wird nun an dieser Stelle nicht aufgehoben, sondern wiederholt. Gerade dieser Umstand macht es möglich, sich der Natur als eines Wörterbuches zu bedienen. Nur weil sie uns so sehr verschieden, so ganz entgegengesetzt ist, sind wir imstande, uns durch sie auszudrücken. Gleiches mit Gleichem zu sagen ist kein Fortschritt. Eisen an Eisen geschlagen giebt nur ein Geräusch, keinen Funken. Freilich diese eigentümliche Möglichkeit ist nicht von Anfang an dagewesen, sie hat sich entwickelt, sie ist gewachsen. Sie ist eine von den hundert Beziehungen, mit welchen der Mensch sich im Laufe der Jahrhunderte an die Natur gehängt hat. In den fernsten Zeiten nahm er ihre taube Gleichgültigkeit für Strenge und, weil er ihre Kälte nicht ertrug, bevölkerte er sie mit großen, grausamen Mächten und unterwarf sich ihnen. Und doch war diese Demut nichts anderes als eine maßlose Überhebung. Die ganze Natur schien damit gezwungen, sich auf den Menschen zu beziehen; es war, als könnte sie sich nur durch ihn, durch sein vergrößertes und verzerrtes, götzenhaft vergröbertes Ebenbild ausdrücken. Damals gab es keine Kunst. Man sah die Natur nicht, man fürchtete sie. Und auch als man zu sehen begann, sah man nicht sie; man sah das Nächste: den Nächsten. Er war das erste Stück Natur, von dem man Ausdrücke verlangte; zunächst, weil man Hülfe brauchte und wehrlos war, nur Ausdrücke für das Dringendste, Nötigste, Gemeinsamste. Auch damals gab es noch keine Kunst. Sie beginnt in dem Augenblick, da ein Mensch an ein Stück Welt herantrat, um aus ihm Worte für etwas Ungemeinsames, Ungemeines, Persönliches zu holen. Da, kaum daß das Gemeinwesen gesichert und der Einzelne geschützt ist, in der ersten freien Minute gleichsam, fragt er nach sich. Und schon ist ihm der Nächste zu nah, um aus ihm das Bild für sich, für sein erstes einsames

Erlebnis zu nehmen. Im Fernsten, das er noch überschauen kann, sucht er es auszusprechen. Und so ist diese erste Periode der Kunst, von der wir wissen, bezeichnet durch zwei Darstellungen, die immer wiederkehren: der König und das Tier. Und nun bleibt das Gesetz das gleiche durch alle Entwickelungen hindurch. Immer ist der Künstler derjenige, der etwas Tiefeigenes, Einsames, etwas, was er mit niemandem teilt, sagen will, sagen muß und immer versucht er das mit dem Fremdesten, Fernsten, das er noch überschauen kann, auszusprechen. Daß dieses Fernste immer auch dasjenige ist, was er am meisten liebt, folgt vielleicht erst daraus. Diese Liebe ist vielleicht nichts als seine rührende Dankbarkeit gegen den Gegenstand, von dem er sichtbare Zeichen für sein innerstes Erleben verlangen darf. Dieser Gegenstand verändert sich von Zeiten zu Zeiten, er nähert sich immer mehr der wirklichen Natur, bis er, in unseren Tagen, mit ihr zusammenfällt. Für den griechischen Künstler war es der nackte Mensch, zur Zeit der Wiedergeburt war es das Angesicht und das Weib und jetzt ist es die Landschaft, die wirkliche Natur, zu der die Dinge, seit man sie aufmerksamer zu malen begann, langsam hingeführt haben. Der Künstler von heute empfängt von der Landschaft die Sprache für seine Geständnisse und nicht der Maler allein. Es ließe sich genau nachweisen, daß alle Künste jetzt aus dem Landschaftlichen leben. Sehr leicht ist zum Beispiel an altmodischen Gedichten zu sehen, wie man zaghaft glaubte, mit den Mitteln der Landschaft nur das Allgemeine sagen zu können; man meinte das Höchste erreicht zu haben, wenn man die Jugend dem Frühling, den Zorn dem Gewitter und die Geliebte der Rose verglich; man wagte gar nicht persönlicher zu sein, aus Furcht, von der Natur im Stiche gelassen zu werden. Bis man fand, daß sie nicht nur für die Oberfläche der Erlebnisse einige Vokabeln enthielt, sondern vielmehr Gelegenheit bot, gerade das Innerste und Eigenste, das Allerindividuellste, bis in seine feinsten Nüancen hinein, sinnlich und sichtbar zu sagen. Mit dieser Entdeckung beginnt die moderne Kunst.

Wenn es scheint, daß hier Überflüssiges, nicht in diesem Moment Fälliges zur Sprache kam, so wäre zur Entschuldigung zu sagen, daß es bei der Menge und Verwirrung der Meinungen nicht gut angeht, von einer bestimmten Kunst zu reden, ohne gewisse allgemeine Punkte festgelegt zu haben, auf welchen alle vorangehenden und alle folgenden Betrachtungen ruhen. Diese Voraussetzungen wollen sich nicht aufdrängen und sind nur da, um von dem Leser für die Dauer dieses Buches als Schlüssel gebraucht zu werden.

Leider giebt es ja in den wesentlichen Fragen der Kunst und des künstlerischen Schaffens noch keine breitere Übereinstimmung, mit der man stillschweigend rechnen kann; so ist jeder gezwungen, seinen Standpunkt anzugeben. Er läuft sonst Gefahr, mißverstanden zu werden, oder überhaupt unverständlich zu bleiben.

Auch die Stelle, an welcher diese Bemerkungen eingefügt wurden, war nicht willkürlich gewählt. Sie waren für alle Künstler, von denen hier zu reden ist, wichtig. Vor allem aber: wie wäre es ohne diesen Fernblick möglich gewesen, die Bedeutung Otto Modersohns zu fassen, da man die Elemente seiner Kunst nicht anders als Persönlichkeit und Landschaft nennen kann? Um diesem Künstler gerecht zu werden, war es notwendig, statt der nächstliegenden Entwickelungen entferntere zu betrachten und einen Augenblick abzuwarten, wo in weite und geheimnisvolle Zusammenhänge ein Leuchten fiel. Und nun, da der Blitz, der sie aufdeckte, erloschen ist, kann man vorsichtig mit der bescheidenen Lampe weitergehen. Der Schein dieser Lampe fällt in eine kleine Welt. Er beleuchtet ein Stück Mauer, das zu einem alten, kleinen Hause gehört, und einen Baum, von dem es sich zeigt, daß er in einem Garten steht, der, ähnlich wie ein Klostergarten, ganz von großen, alten Mauern umgeben, in die Höhe gewachsen ist, weil es ihm an Raum gefehlt hat, sich auszubreiten. Und dabei ist es kein ganz kleiner Garten: wenn man die Mauern aus verwittertem grünem Stein, von denen schwer der schwarze Efeu niederhängt, fortnehmen könnte, würde er ordentlich groß werden, aufatmen. Aber so sind die Gärten von Soest. So liegen sie, einer neben dem anderen, Straßen entlang, jeder in seinen vier Mauern, über welche nur die Wipfel rauschend herüberragen. Und dann ist es einmal Sonntagnachmittag, und man geht so eine leere Gartengasse entlang, umgeben vom Geräusch der eigenen Schritte, so geht man und schaut die Baumkronen an und denkt sich die Gärten dazu, aus denen sie hinaufgewachsen sind. In den meisten Gärten stehen keine Häuser mehr; sie blühen und welken so vor sich hin, und es scheint kein Mensch von ihnen zu wissen. Aber selbst, wo noch Häuser sind, ist es schwer zu sagen, wer sie bewohnt. Man hört nur die Stimmen manchmal, wenn man an den Mauern vorübergeht, doch sie scheinen weither zu kommen von einem fernen Orte oder aus einer fernen Zeit. Aus der Zeit, da es hier viele Stimmen gab. Gewichtige Stimmen von Ratsherren, sanfte, gleichsam beschattete Frauenstimmen und Stimmen von jungen Mädchen und Kindern, die hell und herzlich zusammenklangen. Denn Soest war einmal eine große Stadt. Und wenn man da aufwächst, so denkt man immerfort an die Vergangenheit. Wie alles wohl war, denkt man und man wird nicht müde zu suchen, was etwa aus diesen Tagen des Glanzes und der Größe noch könnte geblieben sein. Und da finden sich vor allem zwei Dinge: die Kirchen und die Gärten.

Zu sagen, daß sie die Kindheit Otto Modersohns beeinflußten, ist zu wenig: sie *waren* sie. In den Kirchen sah er die Vergangenheit aufbewahrt, festgehalten, dort konnte sie nicht vergehen. Man mußte nur in Sankt Petri eintreten, um in einer anderen Welt zu sein; da war noch Mittelalter. Anders in den Gärten. Auch sie redeten von der Vergangenheit, aber sie hatten verstanden, sie irgendwie zu verbrauchen, umzusetzen, – sie lebten, sie veränderten sich, sie gehörten jeder Stunde die kam, dem Regen, dem Wind, dem Abend und der Stille, und im März jedesmal, wenn der Schnee verging, konnte man sehen, daß sie voll Zukunft waren. Das Gefühl für Sage und Märchen, das sich in Otto Modersohn und in seiner Kunst später so wundervoll entwickelt hat, ist aus diesen Eindrücken geboren worden; denn was sind Sagen anderes, als Vergangenheiten, die sich in der Natur aufgelöst haben, Gestalten, die sich verschenkt haben an sie; ihre Zeit ist vorübergewesen, aber die Natur ist wie eine bleibende Zeit und hat Leben genug, um ihnen davon abzugeben und sie zu erhalten. Sie haben sich ihr angepaßt; die Männer haben die Gebärden der Bäume angenommen und die Mädchen haben von den Bächen singen und von den Winden tanzen gelernt. Und nun leben sie in der Natur, wie in einem See, aus dem sie manchmal auftauchen um Atem zu holen und um zu schauen, ob nicht am Ende der Gartenwege ein Mensch erscheint, den sie betrachten können. Denn sie sind noch nicht ganz so gleichgültig gegen den Menschen wie die Natur, in der sie leben; der Wald schaut immer in sich hinein und das Dunkel seiner hundert Augen ist in ihm. Sie aber horchen aus dem Wald heraus auf das Knirschen der Wege, und auf die Stimmen, welche näher kommen. Das sind die Märchengestalten Otto Modersohns, und er mochte sie damals schon geahnt haben. Aber es war ein weiter Weg bis zu ihnen und er fing gleich an, ihn zu gehen. Da handelte es sich vor allem darum, der Natur so nahe als möglich zu kommen. Zu tun als lebte man in ihr, ganz so wie jene Wesen, eingeweiht in alle Geheimnisse und vertraut mit der Tagesparole, die ausgegeben war. Da war keine Blume zu klein, sie wurde befragt und mußte sagen was sie wußte. Kein Käfer war zu gering; er lebte doch immerhin mitten drin, und man konnte eine Menge von ihm lernen. Nicht nur die Bäume, Büsche und Blumen kannte man; es war eine fortwährende

Volkszählung der gesamten Einwohnerschaft des Gartens im Gange, und ein jeder Vogel, der sich vorübergehend innerhalb der Efeumauern aufhielt, mußte angemeldet sein. Man hielt offenes Haus und machte, was die Gäste anbetrifft, keine Ausnahme. Spinnen, mit ihren Eiersäcken beladen, gingen aus und ein, Fliegen und Falter, Ameisen im Arbeitsrock und vornehme Käfer im grünen, goldenschimmernden Staatsfrack. Und schließlich verkehrte man, in aufgeklärter Weise, auch mit den Gespenstern dieser kleinen Welt, den Larven. Man zitierte sie aus ihrem Grabe und sie kamen mumienhaft, wie in unzählige Bänder eingebunden, lang, schmal und mit verschleiertem Gesicht; man durfte sie nicht übergehen, denn sie wußten vielleicht am meisten von der Zukunft. Und so vergingen jene Jahre, welche vergehen wie ein Tag, so verging die Kindheit. Und eines Morgens erwachte der Held dieser Geschichte in einem fremden Bette, und vor den Fenstern seiner Stube lag, statt des Gartens, eine Gasse, die Gasse einer alten Stadt, die an Soest erinnerte, nur daß ihr die Gärten fehlten. Kirchen waren da, ja es gab sogar eine große Menge davon und sie waren alle voll Gesang, Klang und Pracht; denn sie waren katholisch. In Münster war das. Oft erschien da ein junger, hagerer Gymnasiast bei den Franziskanern wenn die langen Maiandachten abgehalten wurden und sah, von einer dunklen Ecke aus, den braunen Mönchen zu, die da in der Dämmerung des Chores nach unbekannten Gesetzen sich bewegten. Dieser junge Mensch, der sonst leicht verlegen wurde, konnte stundenlang stehen und irgendwelche Leute beobachten ohne alle Befangenheit. Er sah sie, wie er die kleinen Tiere sah, und lernte dabei, ähnlich wie er von ihnen gelernt hatte: lernte Bewegungen, die in seltsamer Übereinstimmung standen mit dem Kleide, das einer trug, lernte in das geheimnisvolle Durcheinander einer Menge Rhythmus legen, lernte, daß die Umgebung auf merkwürdige Art an den Gestalten teilnimmt, und daß diese wieder in sie

hineingehen, sich verlieren in ihr, verkleidet, mit einem lautlosen Mimikry angetan, das sich abstuft, einstimmt, unterordnet; lernte mit einem Wort, daß auf diese Weise überall ein Stück Natur entsteht, daß Wesen und Welt seltsam verwoben erscheint für das Auge dessen, der, nachdem er nahe war, zurücktritt und in ruhigem Schauen ein Ganzes zu fassen sucht. Und wenn das das Leben der Dämmerung war, so waren die großen Kirchenprozessionen das Leben des Lichts. Wie da alles durcheinanderwogte, Gesichter und Blumen, die hellen Kleider der Kinder und die bunten Brokate der Geistlichkeit. Die Monstranzen fingen das Sonnenlicht und warfen es haufenweise unter die Menge, und über allem schaukelten die schweren, farbigen Fahnen, mit jenem besonderen Schwanken, in dem man die Schritte der Träger und die Anstrengung ihrer Arme wiedererkannte. Alles war Unordnung, Durcheinander, Verwirrung. Aber das Licht kam, umgab die Dinge und die Menschen, und schien alles mit Gesetzen zu erfüllen und in fabelhafter Geschwindigkeit eines auf das andere einzustimmen. Mit Wiesenblumen ist es manchmal so: man hat sie eilig gepflückt, ohne hinzusehen eine zur andern getan und es konnte, wenn man es genau nimmt, nichts dabei entstehen als ein Tumult. Aber auf einmal zögert man, hält den Strauß in die Luft und staunt, was das für ein Einklang ist: die Übergänge sind sanft abgestimmt und die Kontraste klingen rein aneinander.
Aber es war noch viel mehr in der Stadt zu sehen. Am Lambertusturm hingen die Käfige der Wiedertäufer und manchmal, wenn eine Prozession sich näherte, konnte man glauben, Johann von Leyden zu sehen, wie er, beladen mit allen Schätzen seines Königtums, hinter dem ungeheuren Richtschwert herging, in dem seine Macht, wie in einem einzigen Worte, zusammengefaßt war. Und drüben im großen Rathaussaal waren noch die Bilder der Herren, die 1648 den großen Frieden gemacht hatten zu dem großen Krieg. Ihre Stühle standen noch da und man

konnte sich einbilden, in den Kissen noch die Abdrücke zu sehen, die eine andere Folge jener langen und wichtigen Sitzung der Gesandten waren.

Im Sommer vergaß man das alles. Da war die Natur die Hauptsache, die, wenn auch vor die Tore der Stadt verlegt, doch immer noch einem so innigen Wunsche zehnmal im Tag erreichbar war. Aber im Winter, wenn draußen nichts war, da begann die ganze Vergangenheit wie eine zweite Natur, wie ein Wintergarten, zu wachsen und zu blühen. Eine große Tabelle wurde angelegt, die alle Könige und Kaiser umfaßte und die, als man mit den regierenden Dynastieen der ganzen Welt fertig war, sich auch noch den Päpsten, den Bischöfen, den Herzogen und einigen bevorzugten Fürsten- und Grafenhäusern öffnete, soweit man ihrer Namen und womöglich ihrer Bilder habhaft werden konnte. Natürlich wurden die Bilder genau abgezeichnet und bemalt. Und nicht diese Bilder allein, alles Bildmäßige, was irgend erreichbar war, verfiel einer mehr oder weniger heimlichen Reproduktion, die aber immer farbig gedacht war. Auf diese Weise gab es viel zu tun. – Scheint es übertrieben, diesen Beschäftigungen eines Jünglings so viele Zeilen zu widmen? Man unterschätze nicht die Bedeutung dieser Jahre für den Künstler. Sie sind ganz erfüllt von einer frohen und naiven Vorbereitung und man kann behaupten, daß in ihnen nichts geschieht, was mit dem noch unformulierten Lebenswunsch und Lebensdrang des Menschen, der dabei reift, nicht im innigsten Einklang stünde. Ganz mit sich allein gelassen, arbeitet die Natur rastlos an der Erfüllung des noch unverratenen Planes. Ein fortwährendes Herbeitragen, Sammeln, Aufspeichern ist das Charakteristische dieser Jahre. Und die Auswahl geschieht noch ganz von selbst. Mit einer fast somnambulen Sicherheit greift die Natur nach dem, was sie braucht und sie findet es immer unter hundert Dingen heraus.

Das verändert sich im Augenblick, da das Ziel ausgesprochen ist. Die tägliche, auf das Persönlichste zugeschnittene Selbsterziehung wird durch äußere Einflüsse ersetzt, die daneben fast zufällig scheinen. Die Natur wird gestört, ihre Sicherheit verschwindet und die Wege, die so breit und still vor einem lagen, füllen sich mit Menschen und Meinungen an, durch die man sich nicht durchzudrängen vermag.

Später, wenn man diese gefahrvolle Zeit überstanden hat, erkennt man deutlich, wie man mit Allem Eigenen wieder dort anknüpft, wo man einst unterbrochen worden ist. Man sieht zurück und bewundert die überlegene Weisheit jener dunklen Zeit, in der nichts umsonst geschah und alles für die Zukunft. Kleine Liebhabereien waren die Wurzeln einer großen Liebe. Es ist nichts verloren gegangen; und später erkennt man in jeder guten Frucht, die man bringt, eine Blüte wieder, die man damals trug.

Es genügt, kurz zu notieren, daß Otto Modersohn, neunzehn Jahr alt, Münster verließ und die Akademie in Düsseldorf bezog, wo er vier Jahre arbeitete. Daß er dort eine liebevolle Teilnahme bei Professor Dücker und Fritz Mackensens Freundschaft gewann und mit ihm und Alexander Hecking im Jahre 1888 nach München kam. In München sah er Böcklins »Meeresstille« und das kleine, schmeichelnd weiche Bild in der Schackgalerie lange an, ging aber dann für ein Jahr zu Professor Baisch nach Karlsruhe, wo er ebenso unbefriedigt blieb wie früher in Düsseldorf. Das Resultat dieser letzten Jahre lautet, kurz zusammengefaßt: es muß anders werden. Und nun ist zu erzählen, wie es anders wurde, ganz anders.

Worpswede begann; es ist schon gesagt worden wie. Es war von jenem Herbst die Rede, da drei junge Maler auf einer Brücke standen und nicht Abschied nehmen konnten; von dem Winter, der da kam mit langen Abenden und Gesprächen und mit Büchern, die man fürs Leben lieb gewann; von dem anderen Winter in Hamburg und davon, daß keiner recht beginnen konnte. Auch für Otto

Modersohn war es nicht leicht anzufangen. Wohl war ein Wunder geschehen. Eines von jenen Wundern, die geschehen müssen in jedem Künstlerleben, damit es sich ganz entfalten könne. Eine Sprache war ihm gegeben worden, eine eigene Sprache, wie Rossetti sie mit Elisabeth Ellinor Siddal empfing. Aber nun lag die eigentliche Arbeit erst vor ihm. Er fühlte es vielleicht in den ersten Wochen schon, daß hier in der seltsamen, geheimnisvoll reichen Natur Worpswedes seine Sprache auf ihn wartete, er begegnete auf seinen Wegen tausend Ausdrücken für tausend Erlebnisse seiner Seele und er erkannte sie auf den ersten Blick. Hier war ein Land, mit dessen Dingen er sich sagen konnte. Hier waren Morgen voll Hoffnung und Heiterkeit und Nächte voll Sterne und Stille. Tage brachen an, in denen Unruhe war, Wucht und Sturm und die Ungeduld junger Pferde vor dem Gewitter. Und wenn es Abend wurde, so war eine Herrlichkeit in allen Dingen, gleichsam ein flutendes Überfließen, wie bei jenen Fontänen, bei denen eine jede Schale sich füllt, um sich rauschend in eine tiefere zu ergießen. Und immer wenn dieser Überschwang verklungen war, kam eine Stunde, die noch nicht Nacht war und nichtmehr Tag. Der Glanz war noch da, aber er blendete nicht mehr. Er lag still an die Dinge geschmiegt und schien aus ihren Poren auszuströmen in die lautlos dunkelnde Luft. Eigentümlich vereinfacht waren die Konturen der Bäume; alles Kleinliche war von ihnen genommen. Und die Nachtigall, die in ihnen zu schlagen begann, erhob ihre Stimme; und ihre Stimme ging über die Ebene hin, als ob es die Stimme eines großen Vogels wäre.

Erinnerungen stiegen auf. Erinnerungen an Kirchen und Gärten, Könige und Kinder von Königen. Hier war alles wiedergefunden, was einmal so lieb und nahe und wichtig war; und alles war hier an jeder Stelle. Man mußte nicht mehr von einem zum anderen gehen, von der Kirche in den Garten und vor die Stadt und in den Rathaussaal. Dieses Land hatte keine Historie gehabt.

Aus langsam sich schließenden Sümpfen war es aufgewachsen, und die Leute, die sich, arm und elend, darin niederließen, hatten keine Geschichte. Und doch schien alle Vergangenheit und die Pracht aller Vergangenheit irgendwie darin enthalten zu sein. Als hätte man ein farbiges Zeitalter zerstampft und dann in die Sümpfe verrührt, aus denen diese Welt entstanden war. Der Boden war schwarzbraun, fast schwarz, aber er konnte sich dem Rot zuneigen oder dem Violett, einem Rot und einem Violett, wie es nur in alten Brokaten gleich schwer und leuchtend zu finden war. Oft war er weithin mit Heide überzogen und das gab ihm eine rauhe Oberfläche, die bald stark farbig, bald verblichen schien und fleckig, hell und dunkel, wie ungleichmäßig aufgekämmter Sammet. Und neben der Heide stand in weiten Streifen ein weiches, wehendes Gras, blaß, blond, immer bewegt, und ohne Glanz. Im Herbst vor allem war es so. Die Birken standen da und konnten, gleich weiß verkleideten Heiligen, das Licht kaum unterdrücken, das in ihnen war. Ihre Stämme enthielten alles Weiß der Welt, nach geheimnisvollen Gesetzen geordnet. Da war das Weiß der Lilien, in dem immer etwas vom Mondschein schimmert, da war das schattige Weiß, wie es im menschlichen Auge ist, und das rötliche, gleichsam erregte Weiß mancher Rosenblätter. Da waren Weiße, die nie jemand gesehen hatte, und die man nicht nennen konnte; so besonders waren sie. Und wenn man zu Füßen der Birke nur ein wenig die Erde hob, so sah man Wurzeln, gekleidet in ein großes, rauschendes Rot, das Rot mächtiger Könige, das Rot Tizians und Veroneses. Und man hatte das Gefühl, als müßte man nur irgendwo die schwankende Kruste dieses Landes aufreißen, um die Farben aller Feste und den Glanz urweltlicher Sommertage an die hundert Wurzeln gebunden zu finden. Aber wenn man ein Stück weiter ging und an den Schiffgraben trat, in welchem regloses Wasser lag wie ein Spiegel aus dunkelblauem Stahl, da konnte man auch denken, daß unter Allem, unter Wiesen und Wegen und Hainen, derselbe gläserne Abgrund stand, in den eine buntdunkle Welt schwer und hülflos hinunterhing.

Dieses Wunder war geschehen. Der Seele eines jungen Malers war dieser Wortschatz gegeben worden, damit sie sich sage. Aber bei den ersten Versuchen erwies es sich schon, daß es vor allem nötig war, diese Sprache zu erlernen, still und nüchtern zu erlernen mit dem Buche in der Hand, Gesetz für Gesetz. Wohl war die Sprache da, aber er beherrschte sie nicht. Wie eine Kette mit edlen Steinen lag sie vor ihm, aber er vermochte nicht, sie zu tragen. Und so ging er denn hinaus Tag für Tag in die Natur, schrieb ihre großen Worte nach und ihre kleinen, und ihre ganz kleinen Worte, streng, gewissenhaft, ohne auch nur an einer Silbe zu rühren. Das war Grammatik. Und langsam konnte man zur Syntax übergehen, im Winter. Da lagen in der niederen Stube Otto Modersohns Schmetterlinge, aufgeschlagen wie Bücher. Er las auf ihren Flügeln und in den Federn von Vögeln wie in einem Kompendium der Farbenlehre. Das waren keine trockenen Lehrbücher. Einfach und reich zugleich war ihr Stil, voll von Beispielen und Gleichnissen. Und dann sah er gepreßten Pflanzen zu, wenn sie vertrockneten. An Stelle der frischen Farben traten welke, stumpfe, Farben der Erinnerung statt der Farben des Lebens. Rot dunkelte fast zu Schwarz, Blau verblich wie an der Sonne und alle Grüns nahmen eine bräunliche, dauerhafte Färbung an, die sich nicht mehr veränderte. Aber trotz dieses Wechsels ging die Harmonie nicht verloren. Jeder Ton schien vom anderen zu wissen, und nach dem Schwanken einiger Verwandlungen trat ein neues Gleichgewicht ein, ebenso eigentümlich, geheimnisvoll und reich wie die Melodie des Lebens war. Jahre vergingen so, ganz mit Lernstunden angefüllt, und wenn etwas diese Jahre verdüsterte, so war es die Ungeduld dessen, der sich danach sehnte, in der Sprache zu dichten, die er eben richtig zu schreiben begann.

An manchen Stellen prägte sich auch, durch den herben Ernst des Lernenden hindurch, das linde Lächeln des Dichters ahnend aus. Es giebt eine Studie aus dem Jahre 1893, ein gewissenhaftes Diktat nach der Natur, das doch (man kann nicht sagen weshalb) wie ein Gedicht anmutet. Da sieht man eine kleine Wiesenschlucht, in der ein Rest Wasser steht, glanzlos hell. Weiden rings herum. Von der Höhe des Hanges, aus dem grauen, zerstreuten Licht, ist ein Mädchen heruntergekommen und steht nun vorgebeugt, nahe am Wasser. Ihre rote Jacke leuchtet, von der Dämmerung vertieft, aus dem gedämpften Silbergrün dieses stillen Bildes.

Aber es kommen auch wieder Zeiten der Zagheit und des Zweifels, Zeiten, wie sie jeder Lernende durchmacht, wo die Aufgabe unermeßlich scheint und kaum noch begonnen. Als Reaktion einer solchen Zeit sind jene acht Bilder zu betrachten, welche in München, im Glaspalast von 1895, so großes Aufsehen erregten. Sie zeigen nicht nur eine gewisse sichere Beherrschung der Sprache, es hat auch schon der Prozeß einer bestimmten Stilbildung seinen Anfang genommen, die nun von Bild zu Bild fortschreitet, zugleich mit einer fast täglichen Erweiterung des Wortschatzes und der Fähigkeit, ihn immer unbewußter zu gebrauchen. Denn dieser weite, weite Weg mußte gegangen werden: durch das klare und starke Bewußtwerden jeder Silbe hindurch zum Wieder-vergessen, das heißt zum unbewußten, naiven Gebrauchen der erworbenen Werte. Es wäre gewiß schwer für Modersohn nach Jahren so absichtsvoller Arbeit, jene unbewußten Wege wiederzufinden, auf denen seiner Kunst (wie jeder Dichterkunst) das Tiefste kommen muß. Vielen sind sie zugewachsen, während sie an der Natur hingen. Bei ihm aber kam von da, an jedem Abend fast, die Lust zu kleinen Blättern, zu Blättern, handgroß, die er, hingegeben an den Willen seines Stiftes, zeichnete, ohne daran zu denken, daß er es tat. In diese Zeichnungen strömte immerfort das Innerste, Intimste, das, was er in den Bildern noch nicht zu sagen wagte; in einer aus schwarz und rot geflochtenen Dämmerung lebt hier seine Welt, wie die Rose in der Knospe lebt, mit angehaltenem Atem, dunkel und gedrängt. Diese Blätter sind, gleichsam über alle Worte weg, aus dem Geiste jener Sprache gemacht, nach deren Besitz er rang und ringt. Wenn das andere ein redliches Gehen war, sind sie ein Flug und Schuß nach demselben Ziel. Je vollkommener und naiver aber der Ausdruck in seinen Bildern wird, desto mehr empfangen auch sie vom Geiste der Sprache, in der sie geschrieben sind, desto mehr nähern sie sich dem Wesen jener Blätter, wie sich die Menschen vielleicht, je reifer sie werden, immer mehr ihren Seelen nähern, bis sie endlich, an einem Höhepunkte des Lebens, mit ihnen eines werden. So gehen auch hier zwei Wege einer seltsamen und, man kann sagen, selten schönen künstlerischen Entwickelung aufeinander zu, um, vielleicht sehr bald, ineinander zu fließen. Erst wenn eine solche Vereinigung erfolgt sein wird, wird man diesen Dichtermaler kennen, wie er jetzt schon im Dunkel jener kleinen Blätter, die sich nicht vervielfältigen lassen, lebt und wie seine besten Bilder ihn versprechen. Die Zahl dieser Bilder ist sehr groß. Aber man tut ihnen ein Leides, wenn man sie beschreiben will. Dieser Adept des Abends hat wundervolle Dämmerungen gemalt, Dämmerungen, die auf den Vließen der Schafe zittern, Dämmerungen, die sich im Wasser spiegeln, tiefe, stille Dämmerungen um irgend eine einsame Gestalt. Mit ein wenig Weiß stellt er manchmal ein Mädchen in seine Mondaufgänge, und man sieht sie stehen und schimmern, wie man Regine sieht in der kleinen verwandten Landschaft von Theodor Storm:

Und webte auch auf jenen Matten
Noch jene Mondesmärchenpracht,
Und stünd' sie noch in Waldesschatten
Inmitten jener Sommernacht;

Und fänd' ich selber wie im Traume
Den Weg zurück durch Moor und Feld,
Sie schritte doch vom Waldessaume
Niemals hinunter in die Welt.

Und doch genügte es nicht, ihn den Maler der Dämmerung zu nennen. Es giebt Abende von ihm, die wie auf Mahagoni gemalt sind, und Morgen, voll Frühling und Frische, und schattige Tage mit weiten, sonnigen Fernen. Er hat es auch selbst einmal gesagt: »Das Kräftigste, Leuchtendste, Üppigste, wie das Zarteste, Lindeste, Feinste, – das Düstere, Tiefe, Satte, wie das Lichte, Heitere: Rauschen und Säuseln, Gold und Silber, Sammet und Seide, alles, alles liegt mir am Herzen.«
Und alles das, was ihm am Herzen liegt, enthält die rätselhafte Natur dieses Landes. Das Starke und das Stille hat Ausdrücke in ihr, für »Rauschen und Säuseln, Gold und Silber, Sammet und Seide« giebt es viele, unvergleichlich klingende Namen. Und die Worte, die für das Starke sind, lassen sich immer noch steigern und steigern, bis sie das Stärkste bedeuten, das man ertragen kann, und das, was Stilles besagt, klingt, mit der Sordine genommen, stiller denn Stille. Kontraste sind da. Es kommen Zeiten in diesem Lande, wo die Winde nicht aufhören und so gewaltig sind, daß die Tage kaum Zeit haben zu sein; denn die Winde, die aus dem Westen gehen, reißen den Abend herbei, der unerwartet früh, wie ein Gewitter, über die Weiten stürzt. Und in der Nacht, wenn der Sturm zu Stürmen wird, die, so breit wie die Welt, über die Moore kommen, rollen, jagen und sich überschlagen, da können die in den Häusern meinen, das Meer sei wieder da und nehme sein altes Bereich brausend in Besitz. Und daneben giebt es Tage und Nächte, wie sie manchmal zwischen Bergen sind, beinahe starr vor Reglosigkeit, mit aufrecht stehender Luft und Wassern, ruhiger als Spiegel. Oder man geht über die Heide hin, die sich bunt und brach stunden weit

auszudehnen scheint, von gebückten Bäumen unterbrochen, deren Dasein in einsamer Vergessenheit vergeht. Und plötzlich heben, wie die Strophen eines Gedichts, Parkwege an, rhythmisch angelegt und mit einer gewissen graziösen Müßigkeit Halbkreise beschreibend zu dem nächsten Platze hin, statt gerade auf ihn zuzugehen. Man entdeckt Spuren einer vergangenen Gartenkunst an den Hecken, die wie Leute, welche in ihrer Jugend bei Hofe verkehrten, einen halbvergessenen Anstand zur Schau tragen, dessen sie sich gerne erinnern, man findet Stellen, wo einmal zierliche Brücken ihren Sprung über ungefährliche Bäche ausführten, und entlegene Orte, an welchen Altane gestanden haben mögen, verschwiegen, und von scheinbar absichtslosen Pfaden leise aufgespürt.

Oder es tut sich hinter einem Haus mit einem Mal unvermutet eine Weite auf, in der, groß und geräumig wie sie ist, Häuser und Bäume und Baumgruppen mit Verschwendung verteilt sind, so daß man dieser Ebene, deren Wege so endlos sind, keinen Namen zu geben wagt. Zeit und Zufall scheint von ihr abgetan und man glaubt die Länder der Erde zu sehen und den Schatten Gottvaters über stillen, weithin weidenden Herden.

Es ist nichts unmöglich in diesem Land. Und auch das Unwahrscheinliche empfängt von der Fülle der Himmel die Gegenständlichkeit und Wahrhaftigkeit wirklicher Dinge. Diese Himmel enden mit jenem Kreis, an dem die Gestirne sich halten und die Regen, ehe sie niederfallen; aber sie beginnen hier, unter uns. Sie ruhen auf jedem Blatt, sie liegen auf den Haaren und in den Händen der Kinder, sie stützen sich nachdenklich auf alle Dinge.

So Mächtiges – Worte für fast Unsagbares – enthält dieses Land, die Sprache Otto Modersohns. Und es ist zu sehen, daß er sie immer mehr als Dichter gebraucht. Schon kennt er sie so genau, daß er zu wählen weiß unter ihren Werten; immer mehr strebt er danach, nur das Wichtige zu geben, das Große, das Tiefnotwendige. Dichtung ist

Auswahl. Und wenn alles Wichtige da ist, dann bindet eines das andere mit der magnetischen Kraft der Massen und es fügt sich von selbst, das heißt nach seinen eigenen Gesetzen zu einer einheitlichen, nirgends offenen Form. Diese organisch erwachsene Form bringt zwei Wirkungen mit sich: Stille und Intimität nach innen, und nach außen hin jene volle dekorative Deutlichkeit, die das Bild erst zum Bilde macht. Das dekorative Element rechnet aber nicht nur mit der Form, es bedarf vor allem der Farbe. Wie breit dieser Maler das Wesen der Farbe faßt, ist schon geschildert worden. Was der Rembrandt-Deutsche gesagt hat, erkennt er an. Auch ihm gilt Huhn, Hering und Apfel für koloristischer als Papagei, Goldfisch und Orange. Aber es liegt für ihn keine Beschränkung darin, nur ein Unterschied. Nicht das Südliche will er malen, das seine Farbigkeit immer im Munde fuhrt und mit ihr prahlt. Dinge, die *innerlich* voller Farbe sind, das was er mit einem unübertrefflichen Worte »die geheimnisvolle Farbenandacht des Nordens« nennt, halt er für seine Aufgabe. Man wird diese Aufgabe noch schätzen lernen und den nicht übersehen können, der sein Leben daran gesetzt hat, sie zu lösen. Es ist ein stiller, tiefer Mensch, der seine eigenen Märchen hat, seine eigene, deutsche, nordische Welt.

Fritz Overbeck

Die Zeit geht rasch. Als Modersohn und Mackensen im Herbst 1891 wieder einmal nach Düsseldorf und in den »Tartarus« kamen, da fanden sie lauter neue Leute und wenig bekannte Gesichter. Die Gäste aus Worpswede erregten Neugier und Staunen. Keiner von den jungen Leuten konnte sich denken, daß es möglich sei, auch im Winter in irgend einem Dorf zu sitzen, einzuschneien und der Welt den Rücken zu drehen. Und einer, der sich besonders wunderte, kam auf Otto Modersohn zu und, da er, obwohl er schweigsam schien, zu reden pflegte, wenn die Zeit zum Reden gekommen war, fragte er ihn, wie es möglich sei. »Worpswede? das kenne ich wohl,« sagte er, »ich bin Bremer.« Und, einmal im Gange, fragte er weiter, wie es denn da auf dem Dorfe sei. Man konnte merken, er hatte nicht übel Lust es selbst zu erproben. Modersohn besah sich aufmerksam den breitschultrigen, bartlosen jungen Mann mit der schweren, gedrungenen Gestalt, der damals bei Jernberg arbeitete und dessen liebstes Wort »unbändige Naturkraft« war. Er lud ihn ein zu kommen. Und es dauerte nicht lange, daß er kam und blieb. Es war Fritz Overbeck.

Worpswede war auch für ihn das Ereignis. Anders als für Modersohn. Er hatte hier nicht die Sprache gefunden, in der er seine Seele sagen wollte. Er dachte gar nicht daran, sie zu sagen: er war kein Dichter. Es träumte irgendwo in ihm hinter einer dicken Schale von Schweigsamkeit und er brauchte ein Gegengewicht dafür in der Welt. Deshalb malte er, malte die Dinge nach seinem Ebenbilde, stark, breitschultrig und voll von einer schweren Schweigsamkeit. Und hier waren sie nun so oder vielleicht sah er sie so, jedenfalls kamen sie seinem Schauen entgegen, gingen auf ihn ein und ihre klangvollen Farben und die Behäbigkeit ihrer Formen und die Stille, mit der sie dastanden: alles das gab ihm das Gefühl von einer

Wirklichkeit, die um ihn war, und eben das brauchte er: Wirklichkeit. Das war es, was ihn so stark anzog, wenn er Björnsons Bücher las. So dachte er sich das Leben, so meinte er es. Man kam irgendwo an, in einer kleinen, hellen Stadt, nicht weit vom Fjord, man trat ein und es waren Leute da, mit irgend etwas Einfachem, Vernünftigem beschäftigt, was man gleich begriff, es waren hellblonde Kinder da, die Butterbrot aßen, und kleine Hunde, welche bellten, und das war alles ganz in der Ordnung so. Man konnte sich niedersetzen unter diesen Leuten, eine Pfeife rauchen und durch eines der hellen Fenster hinaus in die Landschaft schauen. Man war nicht gezwungen, etwas zu sagen als höchstens guten Tag, war man aber gelaunt zu sprechen, so hatte auch das durchaus nichts Ungewöhnliches an sich, durchaus nicht. Alle fanden es ganz natürlich, freuten sich, sagten gelegentlich auch ein Wort, und es wurde Abend dabei, stiller, hoher, heller nordischer Abend, und die Glocke in der alten Kirche auf dem Hügel läutete fromm und feierlich, so daß alle merken konnten, daß es Abend war. Das sind nicht etwa Stimmungen, die Fritz Overbeck malt, aber wenn er malt, lebt er sie. Man denkt an die alten Holländer dabei, die vielleicht so gemalt haben, um des Gleichgewichtes willen. Es ist auch eine von den Anpassungsmöglichkeiten an das Leben, deren es so viele giebt, glückliche und unglückliche, einfache und umständliche, stille und polternde. Fritz Overbeck malt, wie manche Leute Musik machen: sie spielen, und das Stück, das sie spielen, ist stark oder sanft, gewaltig oder erwartungsvoll; aber, obwohl sie es ganz meisterhaft spielen, sind sie selber nicht drin, sie spielen es, um irgendwo zu Hause zu sein, nicht in dem Liede, irgendwo, wo sie sind. So malt er: nur daß seine Bilder das Gegenteil sind von Musik. Musik löst alles Vorhandene auf in Möglichkeiten und diese Möglichkeiten wachsen und wachsen und vertausendfältigen sich, bis die ganze Welt nichts ist, als eine leise schwingende Fülle, ein unabsehbares Meer von Möglichkeiten, von denen man keine einzige zu ergreifen braucht. Auf seinen Bildern aber setzt sich alles zur Wirklichkeit um, füllt sich, verdichtet sich. Sogar seine Himmel sind Tatsachen, an denen man nicht vorüber kann. Wenn er sie wolkenlos malt, dann ist es die kräftige Farbe, die sie stofflich macht, aber viel öfter stehen Wolken in ihnen, greifbar und groß, Wolkendörfer, eine Wolkenstadt. Auch seine Mondnächte sind so, voll eines Himmels, der zur Erde gehört, der schwer geworden ist und sich daran gewöhnt hat, mit den Dingen zu leben. Es ist eine große, rührende, kindliche Bejahung der Weit in dieser herzlichen, handfesten Malerei. Nirgends kann ein Zweifel aufkommen, es giebt nichts was ungewiß wäre, überall steht es in breiten Lettern: *Est, est, est!*

Man betrachte seine Radierungen. Eine der ältesten gleich mit der Brücke und der Mühle und dem Berg in der Ferne bestätigt, was hier zu sagen versucht worden ist. Ja sie weist sogar noch darüber hinaus. Sie spricht von der Kunst, die Massen im Raume zu verteilen; hier ist mit ihnen hantiert worden wie mit Dingen. Die einen sind gleichsam hineingestellt, andere hineingeschoben, und die Balken der Brücke scheinen vom Berge her an ihren Platz geschleudert worden zu sein. Das alles sitzt und man mag daran rütteln, es rührt sich nicht. Und die andere Brücke, genannt: *Stürmischer Tag.* Hier scheint es gelungen, den Sturm selbst zu einem Dinge zu machen. Er füllt das ganze Blatt aus und Gräser, Büsche und Bäume scheinen nur seine Konturen zu sein. Die Birken aber, denen man ansieht, daß sie im Wehen gewachsen sind, zeugen von hundert Sturmtagen und Sturmnächten. Immer wieder findet man sie bei ihm, diese vielzulangen Birken mit den Bewegungen des Windes, dem sie nachgegeben haben und über den sie schließlich doch wieder hinausgewachsen sind in lautlos stehenden Sommertagen. Auch in ruhigen Morgen- und Mittaglandschaften, wenn die Wassergräben einen fröhlichen oder trägen Himmel wiederholen, winden sie sich manchmal hinauf, diese aufgeregten Birkenstämme, wie beunruhigt von ihrer Vergangenheit. Und sie scheinen dann durch ihren bizarren und eigensinnigen Kontrast die Stille ihrer versöhnten Umgebung noch zu vertiefen.

Es sind fast dieselben Motive, die Overbeck auf Radierungen und Bildern verwendet und durch seine Malerei wie durch seine Schwarzweißkunst geht dasselbe Streben, wie ein breiter Strom: Einzelheiten in ihrer ganzen Pracht hinzustellen, ohne dadurch den Gesamtwert aufzuheben. So oder ähnlich hat er selbst früher einmal ausgesprochen was er will. Und er setzt seinen Willen durch. Er hat seine Kunst damit ganz charakterisiert und man tut gut, jenen Satz als Maßstab zu gebrauchen vor seinen Bildern. Man wird gegen sie am gerechtesten sein, wenn man untersucht, in wie weit in ihnen die Absicht des Malers erreicht worden ist. Es ist zu sagen, daß er in vielen Radierungen und in einigen Bildern der Erfüllung sehr nahe gekommen ist. In den Bildern kommt die Farbe hinzu, welche fähig ist, dem Bestreben, Einzelheiten in ihrer ganzen Pracht zu erfassen, sehr zu helfen; aber durch sie wird zugleich die Aufgabe erschwert, über die Einheitlichkeit des Ganzen an keiner Stelle hinauszugehen. Es ist nicht leicht, erhobene Stimmen in gleicher Stärke zu erhalten, und die Freude am Einzelnen ist immer eine Gefahr für den Zusammenhang.

Seltsamerweise sind die Bilder Overbecks, obwohl ihre Farben mit erhobenen Stimmen verglichen werden konnten, von einer eigentümlichen Schweigsamkeit durchdrungen, die kein Laut unterbricht. Es ist schwer zu entscheiden, ob die Farbenstimmen sich gegenseitig aufheben, wie es manchmal mit den Geräuschen des Meeres der Fall ist, die man nicht mehr hört und als die Fülle eines unermeßlichen Schweigens zu empfinden geneigt ist, oder ob dieses Gefühl irgendwie inhaltlich begründet ist und durch den Umstand hervorgerufen wird, daß auf Overbecks Bildern fast nie eine Figur erscheint. Wo eine einmal vorkommt, ist sie so unwichtig, auch räumlich meistens so wenig dringend bedingt, daß man sie ruhig zudecken kann, ohne dem Wesen des Bildes auch nur im Entferntesten Zwang anzutun. Aber seine Landschaften, wenn sie auch ohne Gestalten sind, machen doch nicht den Eindruck der Einsamkeit. Die Mondnächte und Sonnenuntergänge liegen vor einem offen da, als wäre man eben aus der Stube, wo liebe nahe Menschen um ein Feuer beisammen sitzen, herausgetreten. Wohl rührt sich draußen nicht ein Blatt am Baum und es ist, soweit man sieht, niemand zu sehen, nicht einmal ein Hund schlägt an in der Nachbarschaft, aber man ist doch, während man da hinausblickt, ganz erfüllt und gleichsam durchwärmt von dem Bewußtsein jener nahen stillen Stube, in die man jeden Augenblick zurückkehren kann. Und die großen leuchtenden Tage, die er malt, sind lauter Sonntage und die Leute sind dann alle zu Hause oder in der Kirche und ruhen aus vom langen Wochenwerk. Die Blicke feiernder Menschen scheinen auf dieser weiten, kräftigen Natur zu ruhen und aus ihr herauszustrahlen.

Und wie diese farbigen Klänge, die er so liebt, nordisch sind, so ist auch die Schwermut nordisch, die manchmal aufkommt, wo Bäume und Brücken wie von den Schatten unsichtbarer Dinge verdunkelt sind. Es ist jene Schwermut, die manchmal in der Nähe des Meeres herrscht, an sturmstillen Tagen, wenn die Möwen nach Regen schreien. Vielleicht würde dieser Maler auch das Meer malen können und die Berge. Seine Wasserläufe sind breit und schimmernd wie jenes Wasser, nahe bei Bergen, von dem es bei Björnson einmal heißt, »daß man nicht wußte, ob es ein Binnensee war, oder ein Arm des Meeres«. Dort lautet es weiter: »Und dann diese Berge selbst! Kein einzelner Berg war es, sondern Ketten von Bergen, ein Rücken sich stets gewaltiger hinter dem anderen erhebend, als wäre hier die Grenze der bewohnten Welt.«

Kann man sich nicht denken, daß Overbeck das gemalt hätte? Ich weiß nicht zu sagen, ob er das Meer einmal gesehen hat und wo es war, aber er hat jedenfalls als Knabe viel von ihm gehört.

In Bremen, im Bureau seines Vaters (der technischer Direktor des Norddeutschen Lloyd war), waren die Wände mit Schiffsmodellen, Plänen und Zeichnungen bedeckt und es wurde fast immer vom Meere gesprochen in diesem geheimnisvollen Raum, von Schiffen, die unterwegs waren, von Schiffen, die heimkehrten und anderen, die sich anschickten, den Hafen zu verlassen. Und später noch, als der Vater, der dem Jungen immer die bunten Bleistifte spitzte, schon gestorben war, da saß er noch oft und baute Maschinen aus Zigarrenkistenholz und zimmerte Schiffe, Schiffe, die unterwegs waren, Schiffe, die heimkehrten, und solche, die sich anschickten den Hafen zu verlassen. Und weil der Vater, an den man immer dabei denken mußte, tot war, so lag eine gewisse Traurigkeit über diesem Tun, vielleicht dieselbe Traurigkeit, die über dem wirklichen Meere liegt, wenn man auf einem Schiffe steht und Abschied winkt oder auch gar niemanden hat, dem man Abschied winken kann, und einfach so hinausfahren muß in die weite, ach so weite Welt. Wie oft mag der Knabe in der Bahnhofstraße jenen Auswanderern begegnet sein, der Bevölkerung jener unbarmherzigen Schiffe, – die, noch betäubt von einer endlosen Eisenbahnfahrt, herausgerissen aus allem, in der fremden Stadt jeden Augenblick stehen bleiben und mit stumpfem Ausdruck zurückschauen, als erwarteten sie, gerufen zu werden. Dann dachte der Junge wohl manchmal, wenn er die Leute zählte und fand, daß es sehr viele waren, daß jetzt irgendwo weit in jener Richtung, aus der sie kamen, ganze Dörfer leer stehen mußten und er sah die verlassenen, kalten Häuser und die lautlosen, seltsam verstörten Gassen, und das war alles immer wieder voll von einer beunruhigenden Traurigkeit und so, als ob man etwas machen müßte, daß es anders würde.

Anders war es in dem Leben der Pflanzen und der kleinen Tiere. Da schien es so beängstigende Dinge nicht zu geben. Diese Eidechsen, Käfer, Frösche und Schlangen waren ganz zufrieden, sie bewegten sich eilig oder träge, sprangen oder schlichen am Boden entlang, schnappten etwas auf und lagen dann stundenlang mit atmenden Flanken in der Sonne, und damit ging ihr Leben hin, das nichts Unerwartetes oder Böses zu enthalten schien. Aber auch nur solange sie lebten, waren sie interessant, aufgespießt oder in Spiritus gesteckt, verloren sie alle Wirklichkeit und wurden mit einem Male abstoßend oder langweilig.

Mit solchen Ansichten Naturforscher zu werden, war natürlich ausgeschlossen. Auch reichte weder dafür noch für das Ingenieurfach die mathematische Begabung aus und es blieb nichts übrig als zu den schönen bunten Bleistiften zurückzukehren, die ja schließlich auch die älteste von allen Liebhabereien waren.

So ungefähr sechzehn Jahre mochte der junge Overbeck gewesen sein, als er anfing draußen vor der Natur zu zeichnen und zu malen. Wie wenig ernst seine Mutter übrigens damals seinen Plan, Maler zu werden, noch nahm, beweist der Umstand, daß sie ihm bei einer Dame Unterricht geben ließ, wo der schweigsame junge Mensch unter lauter ähnlich beschäftigten Backfischen eine äußerst merkwürdige Rolle spielte. Inzwischen absolvierte er langsam das Gymnasium und setzte den aufgeregten Bemühungen, die man machte, ihn von der unseligen Idee mit der Malerei abzubringen, nichts als seinen breiten Rücken entgegen, was ihm auch schließlich nach Düsseldorf verhalf. Die Akademie bildete damals natürlich den In begriff alles Heiles für ihn, aber er vergaß, wenn er das später einmal erzählte, niemals hinzuzusetzen: »Jetzt aber nicht mehr.«

Seine Ausdrucksweise hat, wie man sieht, etwas ungemein Überzeugendes und Klares, und diesem Umstand ist es zuzuschreiben, daß er im Jahre 1895, als alle Welt von Worpswede wissen wollte und kein Mensch imstande war, etwas davon zu erzählen, selbst zur Feder gegriffen hat, um in der »Kunst für Alle« von seiner und seiner Freunde Wahlheimat sachgemäß zu berichten. Was er damals geschrieben hat, ist seither oft und oft zitiert worden, aber man wird sich vielleicht trotzdem freuen, einige seiner schlichten Worte, die am besten zeigen können, wie dieser Maler sein Land sieht, hier wiederzuerkennen.

»Ein Hauch leiser Schwermut liegt ausgebreitet über der Landschaft. Ernst und schweigend umgeben weite Moore und sumpfige Wiesenpläne das Dorf, das, als suche es einen Zufluchtsort gegen unbekannte Schrecknisse, sich an dem steilen Hange einer alten Düne, dem Weyerberge, zusammendrängt. Wirr und regellos durcheinander zerstreut liegen Häuser und Hütten, beschirmt von schwer lastenden, moosüberkleideten Strohdächern und knorrigen Eichen, an deren weitausladenden Wipfeln sich machtlos die Stürme brechen. Über dem Dorfe wölbt sich der ›Berg‹, zerklüftet von zahlreichen Rinnsalen, die das abfließende Regenwasser sich ausgewaschen, gekrönt mit einem verkümmerten Eichenbuschwald. In dessen Mitte erhebt sich auf freiem, mit alten Föhren umgebenen Platze ein Obelisk, zum Gedächtnisse Findorfs, des Mannes, der im Anfange dieses Jahrhundertes die Gegend urbar gemacht, das Moor entwässert und dem Verkehr erschlossen hat. Aus wuchtigen Granitquadern aufgeschichtet, ragt das Monument in seltsamer Feierlichkeit gen Himmel. Von der einsamen Höhe schweift weithin der Blick ins Land hinaus, über Moor und Heide, Felder und Wiesen. Dunkle Eichenkämpe, die in ihrem Schatten spärliche Gehöfte der Bauern bergen, unterbrechen hin und wieder die Monotonie der großen Ebene. Wasserläufe blitzen auf und der Spiegel der schlangengleich gewundenen Hamme, darauf in stiller geheimnisvoller Fahrt schwarze Segel durchs Land ziehen. Darüber spannt sich der Himmel aus, der Worpsweder Himmel...«

Es liegt etwas von der monochromen schattigen Tonigkeit seiner radierten Blätter in dieser einfachen Darstellung, etwas Dunkles und Helles, etwas Massiges, als wäre alles bei Einbruch der Nacht gesehen.

Die Farbigkeit Worpswedes aber – soweit sie in Worten ausgedrückt werden kann – hat niemand überzeugender beschrieben, als Richard Muther in seiner glänzenden impressionistischen Technik. Im Herbst 1901 fuhren wir nach Worpswede, an einem früh dämmernden, aber trotzdem stark farbigen Tage, wie es deren in diesem Lande, besonders im Oktober und November, viele giebt.

Muther erzählte im »Tag« davon:

»Eine Fahrt nach Worpswede ist eine Staroperation: als schwinde plötzlich ein grauer Schleier, der sich zwischen die Dinge und uns gebreitet. Gleich wenn man der Zweigbahn entstiegen ist, die von Bremen nach Lilienthal fährt, beginnt ein seltsames Flimmern und Leuchten. Haben diese Bauern einen Farbendämon im Leib? Oder ists nur die Luft, die weiche, feuchtigkeitdurchsättigte Luft, die alles so farbig macht, so tonig und strahlend? Ich blicke auf die blauen Zügel, die mein Kutscher hält. Sie phosphoreszieren und flirren. Ich blicke auf die baumwollenen Handschuhe, auf das tiefrote Brusttuch eines Bauernpaares, das ganz fern auf der Landstraße daherkommt – sie leuchten und strahlen wie von innerem Feuer durchglüht. Da steht ein Arbeiter in hellblauem Kittel neben einem perlgrauen Birkenstamm. Dort hängt an einer Leine ein roter Unterrock, und er sprüht Farbe wie Purpur. Dort ist eine Bauernhütte, blutig rot gestrichen, ähnlich denen, die es in Norwegen giebt. Doch während dort in der dünnen durchsichtigen Luft alles klar sich abzeichnet, wird es in Worpswede zur Tonsymphonie: Diese rote Mauer mit dem saftigen Efeu, dieses hohe, fast bis zum Boden reichende Strohdach, worüber feuchtgrünes Moos sich wie ein Teppich breitet.

O dieses Moos in Worpswede! Alle Dinge überspinnt es: nicht nur die Stämme der Bäume, auch das Gebälk der Häuser, die Ziegeln der Backöfen und das Holz der Zäune. Da schillert es citronengelb, dort grüngelb, dort bläulich grün, die ganze Natur in eine Farbenvision verwandelnd...«

So war das Land, als Muther es zuerst sah. Und am nächsten Tage gingen wir zu den Malern.

Hans am Ende

1870. Der Krieg. Durch Deutschland ging etwas wie eine Erwartung. Große Begebenheiten lagen in der Luft, Umstürze, Stürme, Morgenröten. Alles war in Bewegung, alles veränderte sich und, was war, schien sich zu einem großen Gestern zusammenzuballen und dämmernd auf die Nacht zu warten, hinter der ein größeres Morgen anzubrechen versprach. Damals wohnte die Familie Am Ende in Trier und der Vater war Pastor einer beinahe rein militärischen Gemeinde. Der Krieg, das war es, was jeden Tag ausfüllte, umformte, zu etwas Unerwartetem umgestaltete. Möglichkeiten tauchten auf und verschwanden wieder, um neuen Möglichkeiten Platz zu machen. Die Trompeten durchziehender Truppen klangen, ihre Fahnen flatterten und verdeckten die Häuser und den Himmel. Dahinter aber stand die alte, dunkle, von Vergangenheit beladene Stadt fast teilnahmslos. Sie hatte zu viel Zeiten kommen und gehen sehen, Zeiten, die sie auf ihre Schultern genommen hatten, um sie emporzuheben in den Glanz einer kaiserlichen Sonne, und andere wieder, die wie Überschwemmungen waren, wie unaufhörliche Regengüsse, grau, farblos und voll Vergessenheit und Ende. Und was sie nun lebte, war Verfall, ein Greisentum voll Größe und Erinnerungen, in sich versunken und ungern gestört. Was konnte kommen, was diese marmornen Paläste übertraf, deren einzelne sieche Säulen Jahrhunderte aufwogen, wie sie jetzt noch dastanden in ihrer einsamen nachdenklichen Größe? Das Amphitheater lag leer und konnte sich nie wieder füllen, aber auch die Dome schienen viel zu weit und die Stimmen alternder Mönche verklangen hilflos in ihrer verlassenen Tiefe. Das war Vergangenheit, und was daran vorbeizog, der Krieg, war Zukunft und es schien nirgends eine Gegenwart zu geben. Es gab keine Gegenwart.

Und dann aufeinmal eine Reise und ein Erwachen in einem kleinen thüringischen Dorfe. Ungewohnte Stille, weiße Häuser, ein Gutshof, ein Pfarrhaus mit großem Garten, der Himmel, die Erde: keine Vergangenheit, keine Zukunft, nichts als Gegenwart. Ruhige, einfache, nüchterne Gegenwart, die flach dahinfloß, ohne Wind, ohne Wellen in breiten Ufern, man merkte es kaum. Nur die stillen Strudel unten im Flusse erinnerten irgendwie an das was war, hatten etwas Verwandtes mit Krieg und Gefahr, aber man wich ihnen aus, und nur das Bewußtsein, daß sie da waren, blieb und verlieh manchen Tagen eine unbestimmte Angst, vor der man sich in das trauliche Dunkel der Wälder retten konnte. Dort gab es viele neue Dinge, Pflanzen, Moose, Tiere und Steine, eine neue, vollkommen unbekannte Welt, die gegen die alten Eindrücke einen lautlosen, beständigen Kampf führte. Sie verwischte sie wohl, sie unterdrückte sie wo sie konnte, aber sie zehrte sie nicht auf. Und es konnte vorkommen, daß man im Walde saß und bei den Stämmen an Säulen dachte und sich vorstellte, in einem alten, lang verlassenen Palast zu sein; an der Rinde der Bäume waren plötzlich die Adern eines grünlichen Marmors zu sehen und wenn man in die Lichtung trat, so wehte einem der Wind, wie ein schwerer Seidenvorhang, über die Wange, und man träumte, an einem Bogenfenster zu stehen, das sich weit in die Landschaft öffnete.

Und noch ehe man mit dieser Landschaft vertraut geworden war, wieder eine Reise und schließlich eine Ankunft in einem großen, grauen Haus, das auf ein Haar einem Kloster glich, einem alten, strengen, abgeschlossenen Kloster, in das man kam, um still und vertieft darinnen zu leben und eines Tages einsam zu sterben. Es war Schulpforta. Fern war der Vater, und es war nichtmehr seine Stimme, die lehrend sprach; fern war der Bruder, der einzige Freund, unerreichbar das kleine blonde Schwesterchen, mit dem man so liebe Spiele gespielt hatte in dem großen, schattigen Garten, der nun auch nicht mehr war als ein Traum, den man sich wünschen konnte, abends beim Einschlafen. Und dann stieg in der Erinnerung das schöne Pfarrhaus auf, des Vaters Bücher, die Bilder, die an den Wänden hingen, das Dorf, und sogar die Strudel im Flusse unten hatten nichts Unheimliches mehr und trugen nur dazu bei, das Gefühl zu erhöhen, daß man das alles kannte, liebte und begriff, während hier um einen alles fremd, unfreundlich und beinahe feindlich war. Alles war auf strenge, monotone Arbeit zugeschnitten, eine Arbeit, die zwanzig, dreißig, fünfzig Menschen gleichzeitig taten, so daß es gar nicht einzusehen war, weshalb man sie auch noch tun mußte. Alleinsein gab es nicht. Keine Stunde, wo man unbeobachtet war, kaum ein Augenblick, wo nicht ein paar mürrische Aufseheraugen hinter einem hergingen, Augen, die man fühlte, auch wenn man sie nicht sah. Ein Geist von Askese ging durch das kalte Haus und seltsame Sehnsüchte erwachten. Man begann aufeinmal zu bemerken, daß nirgends auf diesen langen Gängen, nirgends in diesen hohen Zimmern mit den gewölbten Decken auch nur ein einziges Bild zu finden war, und ein ganz unbeschreiblicher Durst entstand, Bilder zu sehen, gleichgültig welche, nur Bilder. Man erinnerte sich, daß in der Kirche über dem Altar ein Bild sein mußte, man schlich sich hin und stand stundenlang heimlich davor, mehr träumend als schauend. Es war ein Christus mit den Aposteln von Schadow. Dieses Bild war wie ein Fenster in etwas Ungewisses, in das Leben, das, wie man auch wartete, immer noch nicht beginnen wollte. Endlich begann es.

In den Ferien kam Hans am Ende (dessen Kindheit und Jugend das war) nach Leipzig zu Georg Ebers. Im Hause dieses liebevollen Gelehrten fand er alles, was er vermißt hatte, Bücher, Bilder, Teilnahme und Hülfe. Ebers selbst besaß viele Bilder, und wenn er einem mit seinen schönen Händen irgend ein Blatt, eine Originalzeichnung zu seinen Werken herüberreichte, dann lag in der Bewegung, mit der er das tat, etwas Sorgfältiges und Ehrfürchtiges zugleich, was dem Blatte einen besonderen Wert zu geben schien. Es war eine Welt, in der die Kunstwerke nicht nur aufgespeichert wurden; der sie besaß, wußte sie zu behandeln, so daß sie nicht versiegten, sondern flossen wie lebendige Quellen, die dem Raume eine helle, heitere Frische geben. In diesem Hause und in den Leipziger Sammlungen stand Am Ende zum ersten Mal vielen, verschiedenen Bildern gegenüber, die man vergleichen und prüfen konnte. Und in diesen Tagen reifte sein Entschluß, Maler zu werden. Er müsse nach München, meinte Georg Ebers, und er war es auch, der ihm dazu verhalf.

Als Hans am Ende nach München kam, war er vollständig ratlos. Wie zwischen den früheren Perioden seines jungen Lebens kein Zusammenhang war, wie sich da in scharfen Linien, ohne Übergang, Kontrast zu Kontrast stellte, so war auch diese neue Zeit etwas Unerwartetes, Plötzliches, worauf niemand vorbereitet war. Nun lagen hundert Wege zur Kunst vor ihm, aber er hätte nicht vermocht, eine Wahl zu treffen, denn er konnte keinen überschauen. Da war es von allergrößter Wichtigkeit für ihn, daß sich ihm eines der ersten Häuser Münchens, herzlich, wie ein zweites Elternhaus öffnete. In der Familie des Geheimrates Gudden fand er Rat und Heimat und konnte sich, von diesem festen Punkte aus, die Wege suchen, die ihm geeignet schienen. Als er, durch den tragischen Tod Guddens, diese Stütze verlor, da hatte er im Münchner Leben bereits Fuß gefaßt. Wertvoller als der Unterricht an der Akademie, der ziemlich nachlässig betrieben wurde (die Antike zum Beispiel korrigierte der Chiemseemaler Raupp), war ihm die Freundschaft des jungen Gudden, des jetzigen Frankfurter Porträtisten, und des Kupferstechers Holzapfel. Diesem letzteren dankt er die Kenntnis des Radierens, jener Technik, die ihm später zu einem so reichen und lieben Ausdrucksmittel wurde. Aber sonst lernte er in dieser Zeit nicht viel.

Die nüchterne und handwerksmäßige Schularbeit, die niemand ernst nahm, ermüdete ihn, ohne ihn auch nur einen Schritt weiterzubringen, das Zeichnen nach gemeinsamem Modell machte ihn nervös, und zu seinen Kameraden fand er keine rechten Beziehungen. Nur mit George Sauter und mit Slevogt gab es wirkliche Berührungspunkte. Oft standen diese drei jungen Leute, von denen jeder später seinen eigenen Weg gefunden hat, vor Böcklin. »Das Spiel der Wellen« und der »Frühlingstag« waren eben aus Berlin zurückgekommen, wo sie verhöhnt worden waren. Klingers »Paris-Urteil« hing in einem schmalen Nebenzimmer: es war eine andere Zeit. Man sehnte sich nach der Zukunft, nach jener Zukunft, deren Anzeichen längst da waren, ja die eigentlich selbst schon begonnen hatte. Nur daß es die meisten nicht merkten. Unvergeßliche Stunden waren das in der Schackgalerie. Da war Zukunft: Feuerbach und Giorgione, Böcklin und Tizian. Es klang irgendwie zusammen. Es war wie aus *einer* Zeit, oder wie aus *einer* Ewigkeit. An Feuerbach war diese Großheit so wunderbar, diese erhabene Antike, die wie hinter schwarzen Schleiern trauerte, um die Antike, die nichtmehr war. Man fühlte den modernen Menschen dahinter, den erregten, sehnsüchtigen, kämpfenden Künstler, dessen Konflikt es war, daß man von ihm weniger verlangte, als er gegeben hatte. So versuchte er endlich, weniger zu geben, er verzichtete auf seine tiefe glühende Farbe, er malte eine beständige Askese und Armut, immer breiter, immer monumentaler, immer hoffnungsloser. Und endlich starb er. Man las es aus seinem »Vermächtnis«, daß es schwer war, Künstler zu sein, daß man das Leben groß fassen konnte, aber es zerrann einem zwischen den Fingern, wie ein wenig Erde, als ob es das Bestreben hätte, klein zu sein. Man fühlte, daß es hundert Gefahren gab und daß dieser merkwürdige Mann sie kannte. Über die Akademien hatte er geschrieben: »Rücksichtlich sei der edle Mensch und rücksichtsvoll! – Darum, ihr angehenden Kunstjünger, besucht den akademischen Elementarunterricht: er kommt am billigsten. Wer dann unter euch ein gottbegnadeter Flötenspieler ist, der bläst beizeiten die eigene Melodie, in der Schule lernt er nur den eintönigen Chorus. Studiert die alten Meister, legt zur rechten Zeit eure eigene Individualität in die Waagschale, dann werdet ihr ziemlich genau erkennen, was ihr vermögt. Andere Wege giebt es heutzutage nicht.«

Dieser Hinweis war wertvoll. An Stelle der Akademie trat auch bei Hans am Ende immer mehr der Besuch der Schackgalerie und der Pinakothek. Von Rembrandt war nur ein Selbstbildnis da, freilich auch die Radierungen. Diese mächtigen Blätter bildeten den Gegenstand seines ganz besonderen Studiums. Aber dabei verlor er sich nicht nach einer Seite hin. In seiner Natur lag das Bedürfnis, sich nach allen Richtungen hin zu erweitern und zugleich eine gewisse Angst, etwas zu übersehen und zu versäumen, was wichtig war; vielleicht auch kam das Bestreben hinzu, nachzuholen, was ihm während der Klosterjahre von Schulpforta entgangen war. Er gehört zu denjenigen, die hinter allen Künsten etwas Gemeinsames sehen, ein letztes ideales Ziel, in dem sie alle wie Wege und Ströme münden. Für solche Leute heißt Maler sein nicht nur malen; in den Büchern, in der Musik, überall fühlen sie Verwandtschaften, Anklänge, Erweiterungen. Die verschiedensten Geister fanden sich da zusammen: Firdusi neben Vischer, Zola, Goethe und Feuerbach, Altes und Neues, Fremdes und Einheimisches, und große Gedanken gingen wie Stürme über diese Seele, die nicht vorbereitet war, sie aufzunehmen und dunkel und zitternd zurückblieb, wenn sie vorüber waren. Und dann kamen die süßen Versprechungen der Musik, die zu erfüllen schien, ehe man gewünscht hatte; diese sanften und seligen Stimmen, die immer neue Sehnsüchte hervorlockten, um ihnen die Schwere zu nehmen; die Welt Wagners stieg auf, diese rauschende Welt, die sich öffnete und schloß wie ein Sesam des Lebens und der Liebe.

Es war eine Reaktion gegen das Abgeschlossensein der früheren Jahre, ein atemloses fortwährendes sich Hingeben an alles, was kam und was einen mitnahm und zurückließ wie eine Welle, so daß man immer wieder auf die nächste Welle wartete, die einen noch weitertragen sollte. Das führte immer tiefer ins Meer hinaus; aber auch das war gut: denn man lernte, wenn man an den Strand zurückwollte, die Arme gebrauchen.

Übrigens gingen neben allen diesen Beschäftigungen noch Universitätsvorlesungen her, anatomische Studien und, fast instinktiv, setzte auch immer wieder ein eifriges Arbeiten vor der Natur ein, obwohl die Landschaft nicht viel Anregung bot. Ein halbes Jahr arbeitete Am Ende bei Keller in Karlsruhe in der Nachbarschaft von Baisch und Schönleber, kehrte aber doch wieder nach München zurück, als ob für ihn da noch etwas zu holen wäre. Und so war es auch. Hier, in der Diezschule, machte er, freilich erst noch ganz flüchtig, die Bekanntschaft Mackensens, die für sein Leben so wichtig werden sollte. Näher berührten sich die jungen Leute erst, als sie beide zu einer Übung nach Ingolstadt eingerückt waren. Dort fand man sich eines Abends in einem Gasthause zusammen und den beiden Diezschülern, die sich kaum noch kannten, fiel die eigentümliche Aufgabe zu, die alten Meister gegen einen Herrn ihrer Gesellschaft, der sich abfällig, vielleicht über Rembrandt, geäußert hatte, zu verteidigen. Bei dieser Gelegenheit merkten sie erst, wie gut sie einander verstanden und im täglichen Verkehr erwuchs eine Freundschaft, die sich immer mehr bestätigen sollte.

Mackensens Skizzenbuch enthielt schon viele Zeichnungen zu dem geplanten Bilde »Gottesdienst« und es verfehlte nicht, ebenso wie der ganze Mensch, seine Energie und Einfachheit, großen Eindruck auf ihn zu machen. Er schloß sich ihm herzlich an, und es war nur selbstverständlich, daß er ihm schließlich (»für einige Wochen« wie er meinte) nach Worpswede folgte, von dem Mackensen so Wunderbares zu erzählen wußte.

Hier beginnt Am Endes Kunst.

Ich muß zunächst sagen, daß ich kaum das Recht habe, über diese Kunst zu schreiben. Ich kenne nur vier oder fünf von den Bildern dieses Malers und konnte mich nur mit seinem radierten Werke eingehender beschäftigen. Ich werde mich daher an dieses zu halten haben und nur hier und da einen vorsichtigen Versuch machen, weitere Ausblicke zu geben.

Die Periode »Worpswede« begann für Hans am Ende nicht weniger unvermittelt als die früheren Abschnitte seines Lebens. Der Münchener Aufenthalt hatte ihn auf alles eher vorbereitet, als darauf, in ein kleines entlegenes Dorf zu gehen, das irgendwo auf einer alten Düne lag und der Welt den Rücken kehrte. Aber wenn ein Leben einmal eine bestimmte Form gefunden hat, scheint es oft mit einer gewissen Zähigkeit daran festhalten zu wollen; mag die Persönlichkeit auch wachsen, die dieses Leben trägt, seine Entwickelungen vollziehen sich immer wieder nach der einmal erprobten Gesetzmäßigkeit, die durch eine reifende Individualität zwar nicht durchbrochen, aber für sich ausgenützt werden kann.

Als Hans am Ende nach Worpswede kam, mußten alle die vielen Beschäftigungen, die ihn in München erfüllt hatten, fortfallen. Da war nichts neben der Natur, einer Natur freilich, die so unerschöpflich war, daß sie verwirren konnte durch ihre Vielfalt. Aber eine Konzentration war doch immerhin geschehen. Nach den hundert zerstreuten Anforderungen der Stadt war da mit einem Male eine Aufgabe gestellt, die zwar in unzählig viele Aufgaben zerfiel, aber doch über sie alle fort zur Einheit führen konnte. Es ist nicht zu verwundern, daß die Aufgaben, die Hans am Ende als die seinen erkannt hat, nicht in einer Linie liegen. Seinem Wesen entsprach es, sich strahlenförmig nach allen Seiten hin zu entwickeln, und das Ziel einer solchen Entwickelung war notwendig der Kreis. Doch auch ein langsames Wachsen in konzentrischen, aus einander herausrollenden Kreisen war nicht seine Sache. Es ist, als hätte dieser ungeduldige Geist sich gleich seine äußerste Peripherie festgesteckt, um, Radius für Radius, zu ihr hinzugehen. Und wenn in dem einen eine fast unerhörte Kühnheit liegt, so mutet die kolossale Arbeit, die da so treu Schritt für Schritt geleistet worden ist, wie ein demütiges, stilles Dienen an, das zu jener Erfüllung hinführt. Manchmal verliert sich unterwegs die Spur und es scheint, als wäre der fernste Kreis im Fluge oder mit einem Wurfe erreicht worden. Immer aber geht das Streben mit einer seltenen Unerschrockenheit auf jene letzte Linie zu, die noch erreichbar ist.

Auf der entscheidenden Münchener Ausstellung des Jahres 1895 hatte Hans am Ende eine Radierung nach Eugen Brachts »Grabmal Hannibals« und die zwei großen Originalradierungen »Mühle« und »Immenhof«, die gleich eine seltene Reife und Sicherheit der Technik aufwiesen. Aber die Kritiker, welche diesen ungewöhnlichen Leistungen mit Staunen und Lob entgegenkamen, wußten nicht, daß derselbe Künstler damals schon kleine Blätter voll lyrischer Empfindung geschaffen hatte, sie ahnten nicht, daß er auch Maler war, der sich an landschaftlichen und figürlichen Motiven versuchte, obzwar die Nachbildung des Brachtschen Gemäldes ein großes Verständnis für das Wesen malerischer Werte verriet. Er wurde zunächst nur durch jene großen Blätter bekannt, die bereits von einer eigentümlichen Naturauffassung Zeugnis ablegen, welche er später von Bild zu Bild bestätigt und erweitert hat. In der »Mühle«, ebenso wie in dem Blatte »Immenhof«, ist noch viel Versuchendes, aber es steht alles Versuchte auf einer gewissen gleichmäßigen Stufe des Gelingens und deshalb hat der Gesamteindruck doch etwas Breites, Einheitliches. Neben diesen großen Drucken, in welche gewissermaßen nur Resultate eingetragen wurden, gehen die kleinen Blätter her, die ungleichmäßiger aber auch in vieler Beziehung aufschlußgebender sind.

Hier wurde vieles erprobt und geprüft, was nicht gelingen *mußte*, was aber gleichwohl, weil es so unbetont geschah, gelang. Sie wirken, neben die großen Radierungen gehalten, wie geschriebene Tagebuchblätter neben gedruckten Buchseiten. Sie enthalten mehr als den Inhalt: der Duft der Stunde ihres Entstehens ist an sie gebunden, und es ist als hätte, wer sie schuf, nicht an Viele gedacht, vielleicht nur an eine nahe Hand, die Liebes zärtlich zu halten weiß. Ich meine vor allem das sehr schöne Blatt »Träumerei«. Eine stille geschlossene Frauengestalt geht neben Birken mit gesenktem Gesicht, tief träumend, am Wasser hin. Links beginnt ein Wald, rechts stehen Schafe, schauen und weiden nicht mehr. Es dämmert schon. Das Wasser glänzt noch einmal auf, die Birken schimmern. Man könnte an ein Blatt von Klinger denken, etwa aus der Zeit als der Handschuh entstand. Aber es ist eine andere Melancholie, ein anderer Traum.

Dann giebt es ein zweites Blatt. Ein Haus, hell, weit zurückgeschoben, am Rande einer Blumenwiese. Dünne Birken stehen licht davor und werfen lange Morgenschatten in das Gras. Und dann giebt es ein Bild: Blütenbäume, nichts als eine Reihe blühender Bäume in weitem ebenen Land; eine Frau, die die Arme hebt, ein Kind: Millet klingt an, aber es ist noch mehr wie Jacobsen es geschrieben hat: »Blütenweiß stehen, Bouquette von Schnee, Kränze von Schnee, Kuppeln, Bogen, Guirlanden, eine Feenarchitektur von weißen Blüten mit einem Hintergrunde von blauestem Himmel«. Solche Momente sind köstlich: wie wenn man am Abend bei einem einsamen Landhaus vorübergeht; man hört Musik, aber, wie man stehen bleibt, um zu lauschen, ist sie verklungen. Und nun steht man und wartet. Es sind Minuten voll Nachklang, Stille und Ungewißheit. Was wird nun kommen: etwas Frohes, etwas Mächtiges oder wird man hören wie das Klavier geschlossen wird? So sind diese Blätter, so ist dieses Bild: Pausen, Intervalle voll Nachklang, Stille und Ungewißheit.

Sie sind selten bei Am Ende, dessen Kunst eigentlich Musik ist. Musik, ja, das ist es, womit man sie am besten vergleichen kann. Musik von Hörnern und Harfen, Steigendes, Schwellendes, Verschwendung. Die Farben seiner Landschaften setzen ein, als hätten sie auf den Wink eines unsichtbaren Taktstockes gewartet. Wenn man vor seine Bilder tritt, giebt es einen kleinen letzten Augenblick der Stille, einer lautlosen Stille wie im Theater knapp ehe die Ouvertüre beginnt. Dann fallen sie ein, stark, vielstimmig mit brausender Breite. Ein ganzes Orchester sammelt sich im Raume des Rahmens, und es ist alles da bis zum braunen Glänzen der Geigen und dem hellen Blitzen erhobener Hörner. Hans am Ende malt Musik, und die Landschaft, in der er lebt, wirkt musikalisch auf ihn. Darum sieht er sie nicht mit der stillen, sachlichen Ruhe des Malers an und versenkt sich nicht in sie mit des Dichters lauschenden Sinnen. Er ist ergriffen von ihr, hingerissen, emporgehoben und hinabgezogen. Er malt sie, gleichsam im Kampfe mit ihr; als ob einer die Welle malte, die über ihm zusammenschlägt. Darum wächst sie ihm so über alle Maße hinaus, darum haben seine Formen, obwohl sie so stark und wirklich sind, doch etwas Unabgeschlossenes: als ob sie noch weiter wachsen wollten, um, wie jede Form in der Musik, endlich, an einem Punkte höchster Spannung, abzubrechen, sich aufzulösen, ein neues Leben zu beginnen. Eben dieses gleitende Wesen der Musik ist es, welches der Malerei zu widersprechen scheint. Und dieser Widerspruch ist auch da und dort in Am Endes Bildern sichtbar; manchmal ist er starker als sie, manchmal aber ist er unterworfen und gezwungen worden, dem Bilde zu dienen. Da entstehen dann sehr eigentümliche Wirkungen. Niemand, als ein Maler, der in dieser Weise die Natur erlebt, konnte jene heroischen Stunden malen, Stunden des Abends oder der Dämmerung, wenn jedes Ding über seinen Kontur hinaus in einen größeren zu wachsen scheint.

Die Erde dehnt sich aus, die Flüsse verbreitern sich, Himmel scheint sich auf Himmel zu türmen und wie Ruinen dunkler Riesenmauern steigen sehr ferne Baumgruppen davor auf. In solchen Momenten kommt die Natur einem tiefen, halb vergessenen Gefühl Am Endes entgegen, sie steigert und bestärkt es und, wie aus vielen Erinnerungen, findet er jene alten Birken, die sich so oft in die Mitte seiner Bilder hineinziehen, graugrün glänzend, hinter einander gereiht, wie die letzten Marmorsäulen langvergangener Kaiserpaläste.

In dieser Landschaft hat der Mensch keinen Raum. Ein Geist der Verlassenheit ist über ihr; die hier gewohnt haben sind Fürsten gewesen, aber sie sind nicht mehr. Auch die Sagen sind schon tot, die von ihnen erzählt haben.

Aber auch den Menschen hat Am Ende immer wie ein Stück Natur gesehen, und wie ihm in München das Studium der Anatomie besonders wichtig war, so hat er später in Worpswede mit großem Eifer Köpfe gezeichnet. Er hat dabei seine Technik ganz darauf eingestellt, jeder Linie bis ans Ende nachzugehen, was diesen Arbeiten eine überraschende Durchbildung verleiht. Wie ein Goldsucher ist er durch diese Gesichter gegangen; es giebt keine Stelle in ihnen, die er nicht untersucht hat. Aber vielleicht konnten die Züge dieser Bauern ihm nicht geben, was er brauchte. Vielleicht waren sie ihm zu sehr von *einem* erfüllt. Vielleicht sehnte er sich nach solchen, in denen nicht nur Arbeit, Arbeit, Arbeit stand und mehr als die karge Vergangenheit nur *eines* Lebens. Schon das Kinderköpfchen (das er radiert und modelliert hat) schien ihn stärker zu interessieren. Es war weniger abgeschlossen, geheimnisvoller, ein Anfang. Man sollte meinen, daß die seltsame, musikalische Empfindungsweise dieses Malers ihn ganz besonders geeignet machen müßte, das gleitende und wechselnde Leben des menschlichen Gesichtes zu erfassen. Einen Gedanken, der wie eine Wolke auf klarer Stirne schattig aufsteigt, ein Lächeln, das kommt und verklingt, und den großen Sonnenaufgang der Seele in einem verklärten Gesicht. Man kann sich ihn denken, wie er Kinder aus alten Familien malt, in deren von vergangenen Kulturen vorbereiteten Zügen ein neues Leben wartend steht.

Es ist vielleicht etwas vom Großstädter in ihm; vielleicht giebt es Momente, wo er sich inmitten der weiten, wogenden Natur, ungeduldig und nervös, nach einem Gesichte sehnt, in dem sie sich zusammenfaßt.

Heinrich Vogeler

Die Cholera war in Amsterdam. Die jungen Leute, die von der Düsseldorfer Akademie herübergekommen waren, hielten noch eine Weile stand, schließlich aber flüchteten sie in ein kleines holländisches Seebad; sie fanden es leer, die Fassaden vernagelt, das Meer eingeregnet und einen grauen, trägen Nebel über Allem, der sich eintönig von Stunde zu Stunde zog. Da kam es über sie wie eine Angst, wie wenn man nachts aufwacht und es ist so dunkel, daß man glauben kann, plötzlich erblindet zu sein. Mit jenem verzweifelten Entschluß, mit dem man dann nach einem Zündholz sucht, mit einem ganz ebensolchen Entschlusse reisten die jungen Leute ab, mit dem nächsten Zuge ins Licht, nach Italien, in die Sonne womöglich.

Von solchen Reisen und nicht von der traurigen Düsseldorfer Akademie müßte man erzählen, wenn man Heinrich Vogelers Lehrjahre schildern wollte. Sie waren bunt genug. Er gehört zu denjenigen, die alles kennen gelernt haben: das atemlose Treiben wachsender Weltstädte und die spießbürgerliche Einfalt entlegener Inselorte, in denen ein Tag dem anderen, und alle Tage irgendeinem ersten Tage zu gleichen scheinen, dessen sich die ältesten Leute noch entsinnen können. Er hat alle Galerien besucht, und auf vornehmen Landsitzen hat er Sammlungen und Bilder gesehen, die selten gezeigt werden. Er entzog sich den nordischen Nebeltagen, um plötzlich, wie in einem eigenen Traum, an einem sonnigen, romanischen Meer aufzutauchen, und eines Tages war er auch dort verschwunden und fand sich mit alten Freunden, die er lange nicht gesehen hatte, auf der Piazzetta zusammen, um mit Einbruch der Nacht nach dem schimmernden Lido hinüberzufahren. In der Erinnerung solcher Leute entsteht allmählich eine eigene Geographie: Orte, die ihnen verwandt waren, rücken zusammen und hängen sich wie die Glieder einer Kette aneinander an, – andere, die auf der Karte benachbart sind, werden einander fremd, als ob sie verschiedenen Zeiten und Ländern angehörten. Die Welt ordnet sich neu: sie wird kleiner, übersehbarer, persönlicher. Man kommt aus London zurück und erinnert sich eines Paolo Uccello, eines wunderbaren heraldischen Turnierbildes in Silber und Schwarz, und bei Florenz denkt man vor allem an Hugo van der Goes, den geheimnisvollen Niederländer, und das Ospedale von Santa Maria nuova wandelt sich wie auf einen Wink in einen jener weißen Beguinenhöfe, die Brügge so unvergeßlich machen. Brügge steigt auf. Die verlassenen Gassen, die stillen gebogenen Brücken, die über die tiefen Spiegelbilder schlafender Dinge zu anderen verlassenen Gassen führen. Und mit einem Male ist es Venedig, das abendliche Venedig mit seiner golden-dunkelnden Luft, Venedig, welches seine »Tizianische Stunde« hat. So bewegt sich die Erinnerung und hat Stunden der Ebbe und Stunden der Flut, aus denen allmählich ein neues Land steigt, ein neues Leben, die eigene Welt eines jungen Menschen, der das alles gesehen hat. Die Welt, von der in diesem Falle zu reden ist, hat sich frühzeitig gerundet und abgeschlossen; denn, wenn Heinrich Vogeler reiste, geschah es weniger, um Fremdes aufzunehmen, als vielmehr, um sich gegen das Andersartige zu halten und die Grenzlinie der eigenen Persönlichkeit zu ziehen, festzustellen, wo das Eigene aufhörte und wo das Fremde begann. Dieses ist der Sinn und die unausgesprochene Absicht seiner Reisen gewesen; unter dem Einfluß fremder Dinge hat er erkannt, was das Seine ist und wenn etwas an dieser Entwickelung überrascht, so ist es der Umstand, daß er so früh schon sich zu verschließen begann, zu einer Zeit, wo andere junge Leute erst recht aufgehen und sich ziemlich wahllos den Zufällen hingeben, welche ihnen begegnen. Es liegt eine gewisse Reife, aber auch eine gewisse Beschränkung in diesem frühzeitigen Torschluß, als hätte dieser Mensch sich nach dem Ebenbilde jenes alten Edelhofes erbaut, der hinter weißen Mauern und dunklen Gräben im Tale lag und zu dem er als Knabe immer sinnend hinübersah. Diese Entwickelung ging darauf aus, sich sobald als möglich mit Mauern und Gräben zu umgeben; was hier beabsichtigt war, war kein Sich-ausbreiten von einem festen Punkte aus, sondern es sollte die Peripherie eines Kreises gefunden werden, den immer dichter auszufüllen die eigentümliche Aufgabe dieses Menschen zu werden schien. Was an dieser Aufgabe zunächst auffällt, ist ihre Absehbarkeit; künstlerische Ziele liegen immer im Unendlichen und es ist nicht möglich, etwas über ihre Erreichbarkeit zu sagen. In diesem Falle aber war das Thema begrenzt, enge begrenzt sogar, und man mußte dabei nicht notwendig an eine Kunst und an einen Künstler denken; es war vor allem ein Leben, was da entstehen wollte und entstand.

Freilich, so lange dieser junge Mensch seine kleine, abgeschlossene, eigene Welt in sich herumtrug, war sie nicht viel mehr als eine kleine Eigenheit, ein persönlicher Widerspruch gegen alles Andere, zu leise und vornehm, als daß er bemerkt worden wäre und von der ganzen großen Wirklichkeit fortwährend widerlegt. Es gehen viele mit solchem Anderssein, mit einem unaufhörlichen inneren Widerspruch in der Welt herum und sie sind deshalb nicht mehr als unzufriedene Sonderlinge, deren Seltsamkeiten kaum ernst genommen werden. Es kommt darauf an, ob so ein Protest die Kraft hat sich durchzusetzen, sich als Wirklichkeit jener anderen, allgemein anerkannten Wirklichkeit gegenüber zu stellen, ihr das Gleichgewicht zu halten, ja womöglich in seinen Höhepunkten überzeugender zu sein als sie. Die Weltgeschichte ist erfüllt von solchen Protesten; an den Auflehnungen Einzelner rankt sie sich empor. Aber auch das mönchische Dasein (wie Franciscus es gemeint hat) ist ein solcher Protest, der, ohne an die Wirklichkeit der Anderen zu rühren, im Begründen einer zweiten Wirklichkeit beruht.

Da haben wir ein Leben, welches sich mit Mauern umgeben und darauf verzichtet hat, sich über diese Grenzen hinaus auszudehnen. Ein Leben nach Innen. Und dieses Leben verarmt nicht. Inmitten schiffbrüchiger Zeiten scheint es die Zufluchtstätte aller Reichtümer zu sein und wie in einem kleinen zeitlosen Bilde alles zu vereinen, wonach die Tage draußen ringen und jagen.

Seine Gesetzmäßigkeit wird immer klarer und sichtbarer und wie ein schimmerndes Spinnennetz scheint es sich mit hundert wohlgefügten Fäden an seinen Mauern zu halten. Innige und einfältige Arbeit ist die Wurzel dieses Lebens, und ganz von selbst kommt alles Gute und Große aus ihm heraus: Fleiß und Freude und Frömmigkeit und endlich auch, ohne daß jemand es will, eine Kunst. Eine Kunst, die man von allem anderen nicht trennen kann, weil sie nichts ist, als dieses Leben selbst, wenn es blüht. Wer sich nun entschließt, an Stelle einer mönchischen Gemeinschaft einen Einzelnen zu setzen, einen Menschen von heute, der nach dem Willen seines Wesens, wie nach einer Ordensregel seine eigene Welt gebaut, begrenzt und verwirklicht hat, der wird am besten imstande sein, die Erscheinung Heinrich Vogelers und den Ursprung seiner Kunst zu verstehen; denn man kann von dieser Kunst nicht reden, ohne des Lebens zu gedenken, aus welchem sie wie eine fortwährende Folge fließt. Gleich der Kunst jener mittelalterlichen Mönche steigt sie aus einer engen und umhegten Welt auf, um an der Weite und Ewigkeit der Himmel leise preisend teilzunehmen.

Heinrich Vogeler fand in Worpswede den Boden für seine Wirklichkeit. Seine Kunst ist zuerst ein seliges und entzücktes Voraussagen derselben, und alle Märchen seines großen alten Skizzenbuches fangen mit den Worten: »Es wird einmal sein..« an. Zeichnungen und Radierungen erzählen, feinstimmig und flüsternd, von dem Künftigen. Und später – in Bildern – feiert er, reif und dankbar, die Erfüllungen seines Lebens. Das ist der eigentliche Inhalt seiner Kunst.

Was ihn sonst noch beschäftigt, sind Erinnerungen aus Tagen oder Träumen, die er geheimnisvoll, wie Märchen, erzählt. Ein unermüdliches Erforschen der Formen geht nebenher, das ihn immer fähiger macht, Alles, bis in die Nuancen genau *so zu* sagen, wie er es erlebt. Und er erlebt es ungewöhnlich und neu, so daß seine Kunstsprache sich viele Ausdrücke schaffen mußte, um seinen Erlebnissen folgen zu können.

Aber auch ganz am Anfang, als sie nur wenig Worte besitzt, gebraucht er keine fremden Ausdrücke neben ihr und bedient sich ihrer, als ob sie unerschöpflich wäre. Und in jenen frühen radierten Blättern trägt gerade das Lückenhafte und stellenweise Ungeschickte der eigenartigen Formensprache dazu bei, den Reiz des Inhaltes zu erhöhen. Es besteht ein gewisser Parallelismus zwischen diesen schütteren Strichen und dem durchscheinenden und dürftigen Wesen der allerersten Frühlingstage, von denen er erzählt. Dünne Birken, Wiesen, in denen schüchtern frühe Blumen stehen, und ein großmaschiges Netz von Ästen, durch welches überall der blasse Himmel sieht. Manchmal sitzt ein schlankes Mädchen, ein stilles, gekröntes Kind, im Gras und schaut mit weiten Augen, fortwährend staunend, den Vögeln zu, die zu Neste tragen; manchmal steht eine Burg in der Ferne und alle Wege im ganzen Land gehen neugierig auf sie zu; manchmal ist es Wald im Hintergrund und vor dem Walde steht ein Ritter aufrecht da und bewacht das nachdenkliche Spiel der Schlangenbraut. Oder es kommt eine schmale Quelle gegangen im hohen Gras, und am Horizont vor den weißen eiförmigen Frühlingswolken taucht ein Knabe auf, ein Hund, Ziegen... Und dann kann man sehen, wie der Frühling wächst: die Bäume scheinen näher zusammenzutreten, die Wege werden heimlicher und bereiten sich vor, zu den ersten Liebestagen hinzuführen. Da entstehen die Blätter: »Liebesfrühling« und »Minnetraum«.

Die beiden jungen Menschen, die sich lieb haben, wissen es schon. Sie sitzen nebeneinander, still zusammengefügt wie Hand in Hand. Und hinter ihnen erklingt der Liebe Lied, von einem Engel auf hoher Harfe gespielt: vor ihnen aber liegt der Liebe Land, in welchem Frühling ist, tief und aufgetan. Und wenn sie weitergehen, so treten Engel in langen Kleidern hinter den Bäumen hervor und umgeben sie mit ihrem Gesang, und singen alles, so daß ihnen gar nichts mehr zu sagen übrig bleibt:

»Wir müssen, Geliebteste, leise
hinschreiten, ich und du...«

Es ist mehr als nur *ein* Frühling in diesen Blättern. Und nicht das Glück der Menschen allein, die sich gefunden haben und nun zusammengehen, erklingt in ihnen, das Glück aller Dinge, die den Frühling fühlen, scheint darin irgendwie ausgesprochen zu sein; Heinrich Vogeler gehört zu denjenigen, von welchen es einmal in einem Briefe Jacobsens heißt, daß ihnen »die Bäume und der Bäume kleine Heimlichkeiten täglich Brot« sind. Er weiß in das Leben der kleinsten Blumen hineinzublicken; er kennt sie nicht von Sehen und vom Hörensagen. Er ist in ihr Vertrauen eingedrungen und wie der Käfer kennt er des Kelches Tiefe und Grund. Man betrachte seine Blumen-studien: sie sind von einer beispiellosen Gewissen-haftigkeit, und es ist doch nichts Pedantisches an ihnen; denn man fühlt die Wichtigkeit und Notwendigkeit eines jeden Striches und wie er unver-meidlich war. Die Kunst, in einer Blume, in einem Baumzweig, einer Birke oder einem Mädchen, das sich sehnt, den ganzen Frühling zu geben, alle Fülle und den Überfluß der Tage und Nächte, – diese Kunst hat keiner so wie Heinrich Vogeler gekonnt. Seine Mappe »An den Frühling« ist viel zu wenig bekannt geworden. Einzelne Blätter derselben gehören zu den schönsten Offenbarungen seines Werkes. Und hier zeigt es sich auch, weshalb seine Frühlingserfahrung so intim und tief, so wenig allgemein ist. Es ist nicht das weite

Land, darin er wohnt, bei dem er den Lenz gelernt hat; es ist ein enger Garten, von dem er alles weiß, *sein* Garten, seine stille, blühende und wachsende Wirklichkeit, in der alles von seiner Hand gesetzt und gelenkt ist und nichts geschieht, was seiner entbehren könnte. Die kleinste Blume, die da entstand, hat er zur Taufe gehalten und jeder Rose hat er die Mauer hinaufgeholfen zu dem Platze, wo sie lächeln und leben wollte. Die Bäume, die draußen in der Heide stehen, sind ihm fremd wie die Menschen, die draußen wohnen; aber seiner Bäume Kindheit hat er Tag für Tag überwacht und hat teilgenommen an ihnen wie an Brüdern. Darum liebt er die großen Winde dieses Landes, weil sie sich wie Hände an seine Bäume legen und das, was er geplant hat, bilden und biegen in den bewegten Nächten des Frühlings, wenn die Stämme, steigender Säfte voll, wie Fontänen stehen im Sturme. Und der weite Himmel ist ihm lieb, weil er seiner kleinen Blumen Licht und Regen ist und der Glanz auf den Blättern seiner Bäume und in den Fenstern des weißen Hauses, das mitten im Garten steht. Er ist der Gärtner dieses Gartens, wie man der Freund einer Frau ist: leise geht er auf seine Wünsche ein, die er selbst erweckt hat, und sie tragen ihn weiter, indem er sie erfüllt. Was er ihm im Herbste vertraut, kommt ihm neu im Frühling entgegen, und was er in den Frühling legt, bleibt nicht so, wächst, wächst in den Sommer hinein, hat ein Leben für sich und seinen eigenen Tod in den tödlichen Tagen des Herbstes. So lebt er sein Leben in den Garten hinein, und dort scheint es sich auf hundert Dinge zu verteilen und auf tausend Arten weiterzuwachsen. In diesen Garten schreibt er seine Gefühle und Stimmungen wie in ein Buch; aber das Buch liegt in den Händen der Natur, die wie ein großer Dichter die flüchtigsten seiner Einfälle gebraucht, um sie auf eine unerwartete Weise auszuführen. So hat er einen Baum gepflanzt oder eine Laube geflochten um des Frühlings willen; und er hat den Baum schlank und zart und die Laube locker gemacht, wie es im Sinne des Frühlings war.

Aber die Jahre gehen, der Baum und die Laube verändern sich, sie werden reicher, breiter und schattiger, der ganze Garten wird dichter und rauscht immer mehr, – und so reißen die Dinge, die er aus einem frühlinglichen Empfinden gepflanzt hat, ihn mit, in den Sommer hinein, in den sie sich immer tiefer verlieren. An diesem Garten, an den sich immer steigernden Anforderungen seiner verzweigteren Bäume, ist Heinrich Vogelers Kunst gewachsen; hier waren ihr immer neue, immer schwerere Aufgaben gestellt, Aufgaben, die langsam von Jahr zu Jahr komplizierter wurden und anspruchsvoller. Da waren nichtmehr die kleinen Bäume um ihn, die sich mit wenigen Linien sagen ließen, und was sich rankte ging nicht nur auf *den* Spuren mehr, auf denen er es geführt hatte, empor. Aus umrandeten Schleiern waren gefüllte Spitzen aus dichtem Grün geworden, und es galt den Gesetzen eines verschlungenen Musters nachzugehen. Die Kronen der Bäume hatten sich dichter vergittert und überall waren unter dem Einfluß des Wachstums und des Windes neue Linien entstanden, Linien und Systeme von Linien, Überschneidungen und Verkürzungen, die auf den ersten Blick etwas Verwirrendes hatten. Aber es war nicht der erste Blick, der auf ihnen ruhte. Es war ein Auge, das nicht allein sah, sondern das auch wußte und gesehen hatte, wie alles geworden war. Dieses Wissen ist es, was die Bäume, die Heinrich Vogeler später gezeichnet hat, so überzeugend, was das Durcheinander von unzählbar vielen Zweigen so klar und organisch macht. Er hat manchmal (auf den neuen Federzeichnungen) Bäume erfunden, deren Astwerk von so fabelhafter Durchbildung und Gesetzmäßigkeit erfüllt ist, daß sie einer komplizierten Wirklichkeit genau nachgebildet scheinen. Seine Liniensprache, welche auf den frühen Radierungen nur wenige Ausdrücke, rhythmisch, (wie im Volkslied) wiederholte, entnahm dem dichteren Garten tausend Bereicherungen.

An Stelle des Lockeren und Lichten, das seinen Blättern und Bildern im Anfang eigentümlich schien, tritt immer mehr das Bestreben, einen gegebenen Raum organisch auszufüllen. Auf den Radierungen aus der späteren Zeit beginnt diese neue Absicht deutlich zu werden, aber erst auf den Federzeichnungen erfüllt sie sich ganz. Wie eine Baumflechte mit tausend und abertausend Fäden überzieht die Zeichnung das Blatt, überwuchert es mit ihrem Reichtum, breitet sich darinnen aus wie ein Gewebe unter dem Mikroskop. Mag, was den Inhalt dieser merkwürdigen Blätter betrifft, die dekadente Linienphantastik Aubrey Beardsleys anregend auf Vogeler gewirkt haben, das Wesentliche an ihnen wuchs aus ihm heraus, und der Einfluß seines Gartens ist stärker als jeder andere gewesen.

Wie aus dem intensiven und sachlichen Empfinden des Frühlings die filigranen Figuren jener Prinzen und Edelkinder entsprangen, welche die Märchenradierungen erfüllen, so scheinen die phantastischen Gestalten der Zeichnungen aus Sommer-Märchen zu stammen. Etwas von des Sommers Fülle, Bürde und Überfluß ist in ihnen. Das Schwerwerden der Früchte, aber noch viel mehr das maßlose Aufgehen großer gezüchteter Blumen, die, weil sie für keine Frucht sparen müssen, immer mehr anwachsen, üppiger und schwüler werden. Kelch rollt sich aus Kelch und, wie Fangarme von Polypen, langen die schlangenhaften Staubfäden nach unwahrscheinlichen gekrönten Vögeln hin, die, im Verkehr mit diesen überschwenglichen Blumen, ihnen ähnlich werden. Es ist wie ein Meeresgrund, in den man sieht, und die Last eines schweren Meeres scheint über dieser lautlosen Natur zu liegen. Und so wahr und überzeugend ist das Leben dieser Formen, daß man ihnen die Farbe anfühlt, die giftige, glänzende, übertriebene Farbigkeit, die sie verschweigen. Khnopff hat einmal die Bleistiftzeichnung eines unsagbar sinnlichen Mundes »Rote Lippen« genannt; ähnlich könnten diese Federzeichnungen die Namen unerhörter Farben tragen: man müßte sie ihnen glauben.

Wenn schon die Radierungen »An den Frühling« mit Recht in einer Mappe zusammengefaßt werden konnten, so denken diese Blätter noch viel weniger daran, sich an Wände zu wünschen. Ihrer Intimität entspricht es, als Mappenwerk behandelt zu werden, ja man kann sie sich sogar in einem Buche vorstellen als Gegenstück einer mit feingliedrigen und stillen Typen bedruckten Buchseite. Es ist eine Nebenerscheinung dieser eigentümlichen Entwickelung Heinrich Vogelers, daß sie ihn ganz besonders befähigt hat, Bücher zu schmücken. Seine Absichten gehen schon lange (seitdem er sich mit einigen guten Exlibris dem Wesen des Buches genähert hat) nach dieser Seite hin, aber erst jetzt, da sein Linienstil diese Durchbildung erreicht hat, wird er imstande sein, ganz Glückliches in dieser Richtung zu leisten. Einige Titelblätter in der »Insel«, die Ausstattung eines kleinen Bandes Bierbaum'scher Gedichte und der wundervolle Schmuck, mit dem er das Drama »Der Kaiser und die Hexe« von Hugo von Hofmannsthal umgeben hat, bestätigen, daß seine ruhig und geschlossen wirkende und doch innerlich so reiche Linienkunst wie keine geeignet ist, neben dem Gange edler Lettern wie ein Gesang herzugehen. Aber nicht dem Buchgewerbe allein, allem was Kunstgewerbe heißt, ist dieser Künstler eine große Hoffnung. In seiner auf Verwirklichungen gestellten Eigenart mußte sich bald der Wunsch entwickeln, Dinge zu machen. Aus ganz früher Zeit stammen gestickte Bucheinbände, Wandbekleidungen und Gläser, aber auch anderer Gegenstände sucht seine Empfindung, die sich immer mehr in Wirklichkeiten umsetzt, mächtig zu werden. Es ist versucht worden, diesen »Stil« als eine Nachempfindung des späteren Empire zu deuten, aber es liegt näher, seine Dürftigkeit und Naivität auf das Wesen junger Gärten zurückzuführen und ihn als eine Frucht jener Frühlingskunst zu betrachten, die einen großen

Raum in Heinrich Vogelers Schaffen einnimmt. Inzwischen hat auch dieses Stilgefühl sich erweitert und ausgebildet, und es kann sich besser durchsetzen, seit der Künstler sich die Kenntnis einzelner Stoffe erworben hat, seit er weiß, wie Seide und Silber, Holz und Glas behandelt werden müssen, wenn alle Besonderheiten und Tugenden des Materials sich entfalten sollen. Vielleicht war es der Mondschein über seinem Garten, der ihn zuerst auf das Silber hingewiesen hat, das er jetzt, wie ein Dichter seine Sprache, beherrscht. Er versteht dieses sanfte, wahlverwandte Metall und seine mädchenhafte Art wie kein zweiter. Der schöne Spiegel und die Leuchter, die nach seinem Entwurfe hergestellt worden sind, können nur Silber sein; man denkt sie in Silber, wenn man sie abgebildet sieht. Wie er Metall überhaupt zu brauchen weiß, davon zeugt auch das prachtvolle Messing-Rosengitter des Kamins, das, indem es organisch aufwächst, zugleich, wie ein Visier, das Feuer durchschauen läßt, das sich dahinter erheben soll.

Die Ausführung von Spitzen war nur ein Schritt in gerader Linie über die Federzeichnungen hinaus: die Verwirklichung, welche ihnen am nächsten lag. Aber die Beschäftigung mit anderen Stoffen wies neben der Form immer wieder auf die Farbe hin. Und auch für die Farbe und die Farbendichtung: das Bild – wußte der wachsende Garten vieles zu lehren.

Die Farbe auf den frühen Bildern Heinrich Vogelers entspricht in gewissem Sinne dem Kontur der ersten Radierungen; sie ist dünn und fließt hell in den Ufern der Umrisse hin. Wie er sich bei dem ersten Wandteppich mit Applikation größerer Seidenstücke bedient, so finden sich auch auf jenen Bildern gleichmäßige, breite Farbenflächen, welche summarisch und gleichsam im Sinne des einfachen Kolorierens gesehen sind. Damals entstand der Profilkopf eines jungen Mädchens mit rötlich blondem Haar, ein Bild, welches sehr fein und ausgeglichen in den Farbenwerten ist und fast schon auf derselben Höhe steht wie die »Heimkehr«. Man kann von diesem Bilde nichts Rühmenderes sagen, als daß in ihm alles Liebliche und Stille aus Vogelers erster Schaffenszeit noch einmal anklingt; es wirkt wie ein letzter Frühlingstag. Die Rosen wurden groß, und morgen wird Sommer sein. Eine wunderbar sanfte Dämmerung ist in dieses Bild mit hineingemalt; alle Farben sind erfüllt von ihr und tragen sie wie ein Licht, welches noch nicht reif geworden ist.

Die Bilder, die nun folgen, sind Versuche, bewegte und lebendige Farben zu malen, Farben, die nichtmehr wie ein Überzug über den Dingen liegen, sondern sich wie fortwährende Ereignisse auf ihrer Oberfläche abspielen. Da entstand jener Ritter auf der Heide, der vor dem hohen Wolkenhimmel hält, und es war etwas Neues in der Art, wie die Luft und die Heide gegeben war. Das grüne Kleid der Dame auf dem »Frühlingsabend« und die schimmernden Birken hinter ihr zeigten eine intimere Malweise. Aber alles das bereitet nur auf das Bild »Maimorgen« vor, welches das erste vollständige Gelingen auf diesem Wege bedeutet.

Hinter dem weißen Haus und seinen hohen Bäumen geht die Nacht zu Ende, und man sieht seiner Front und den aufflammenden Fenstern den Sonnen-Aufgang an. Schon steigt flutende Röte die Freitreppe hinan und die Luft zittert vor Kälte und Erwartung. Selten ist die Unruhe und das frohe und fröstelnde Gefühl dieser Stunde so gemalt worden. Es ist nicht ein Stück in dem ganzen Bilde, das nicht teilnimmt am Tagwerden, die Konturen schwingen wie Nerven und sind erregt. Hier ist, was die Farbe betrifft, eine ähnliche Steigerung erreicht wie in den Feder-zeichnungen in Bezug auf die Linie und ihre Lebendigkeit. Beide Entwickelungen sind nebeneinander hergegangen, zu beiden hat der wachsende Garten den Anstoß gegeben. Indem er dichter wurde und sich immer mehr anfüllte mit Formen und Farben, veränderte sich auch das Licht, das ihn umgab. Es fiel nichtmehr breit durch das groß-maschige Netz zählbarer Äste auf die Wiesen; die Blätter, die Blüten, die Früchte, die Flächen von tausend aneinandergedrängten Dingen fingen es wie kleine Hände auf und spielten damit, glänzten, dunkelten und glühten. Mit diesem neuen Wissen und Schauen Bilder zu malen war eine freudige Ungeduld.

Rasch nacheinander entstanden das »Melusinen-Märchen« und die »Verkündigung«. Bei dem ersteren ist der Zusammenhang mit den Federzeichnungen deutlich erkennbar; auch hier ist die Aufgabe, einen Raum organisch auszufüllen, gelöst, diesmal freilich im farbigen Sinne. Wie ein Mosaik in Grün und Gold ist dieser wildernde Wald gesehen, aus dessen flimmernder Tiefe das staunende Mädchengesicht dem tumben Eisenmann entgegensieht, der heiß und hilflos in der Rüstung steht. Man muß auch bei diesem eigentümlichen Bilde nicht an das Märchen denken, nach dem es benannt ist, aber man könnte eine Geschichte dazu schreiben, die wie ein Märchen klingt. Ist nicht jedes Mädchens Einsamkeit ein solcher verworrener Wald, ein Wald aus tausend Dingen, Träumen und Heimlichkeiten, in den der Mann als der Fremde kommt, schwerfällig, übergroß und mit einer Rüstung angetan, die er nicht brauchen kann? Es ist vielleicht das Unvergeßlichste in dem Bilde, wie das Melusinenmädchen mit dieser Wirrnis übervielen Dingen verflochten ist, so daß man nicht sagen kann, wo es beginnt, und ob es nicht die bangen Augen des Waldes selber sind, die sich, neugierig und beunruhigt zugleich, auftun vor dem Unbekannten.

Und dieses Mädchen, das Melusine ist, wenn ein Mann in Waffen ihre Einsamkeit stört, ist Madonna, wenn der Engel kommt mit der Verkündigung. Der Engel, der die Botschaft bringt, erschreckt sie nicht. Er ist der Gast, den sie erwartet hat, und sie ist seinen Worten eine weitoffene Flügeltür und ein schöner Empfang. Und der große Engel steht über sie geneigt und singt so nah, daß sie keines seiner Worte verlieren kann, und in den Falten seines reichen Kleides steht die Bewegung noch, mit der er sich zu ihr niederließ. Jetzt ist sein Himmel fern und nur die Erde ist da, und man sieht weit hinein in ihre stille Wirklichkeit. Dieses Bild ist von einer gleichmäßigen, ruhigen Schönheit erfüllt, Glanz und Güte bis in seine fernsten Fernen. Man fühlt, daß dieser Künstler auf einem eigenen Weg zu den Stoffen der Bibel kam; er spricht ihre Worte, wenn er sie malt, nicht wie Wunder aus, vielmehr wie gute, glückliche Begebenheiten, die das Leben reich und wichtig machen. Sein Verkündigungsbild steht den Verkündigungen der alten Meister näher als etwa den Marienbildern Rossettis oder Uhdes. Es ist voll Einfalt, Liebe und Innigkeit. Er hat es nicht auf den Knien gemalt; denn er hat dabei nicht an den Himmel gedacht, sondern an seinen Garten, der Himmel und Erde ist und Erde und Himmel. Und man denkt auch deshalb an die alten Meister bei Heinrich Vogeler, weil sein Leben so anders ist, so schlicht und so feierlich, so klein und so groß. Man weiß nicht, wie man ihn nennen soll. Er ist der Meister eines stillen, deutschen Marienlebens, das in einem kleinen Garten vergeht.

Die Stürme des Frühlings gehen über das Land. Aber manchmal halten sie ein und es entsteht eine Stille. Es kommen Tage, da der ganze Himmel Regen ist, lauer hellgrauer Regen, – und die ganze Erde ein Empfangen und Halten dieses Regens, der sanft fällt, ohne sich wehe zu tun.

Und die Stunden gehen, und es gleicht keine der anderen. Und viele nahen, entfalten sich und schließen sich wieder, ohne daß jemand es sieht. Und man denkt manchmal, daß das die besten und seltsamsten sind, die am meisten Größe haben.

Es ist so vieles nicht gemalt worden, vielleicht Alles. Und die Landschaft liegt unverbraucht da wie am ersten Tag. Liegt da, als wartete sie auf einen, der größer ist, mächtiger, einsamer. Auf einen, dessen Zeit noch nicht gekommen ist.

Westerwede, im Frühling 1902.

Bd. 90 *Gefährliche Liebschaften*, Pierre-Ambroise-François Choderlos de Laclos, Bd. 91 *Gegen den Strich*, Joris-Karl Huysmany, Bd. 92 *Geschichte des Fräuleins von Sternheim*, Sophie v. La Roche, Bd. 93 *Geschichte vom braven Kasperl und dem Annerl*, Clemens Brentano, Bd. 94 *Geschichten aus dem Wienerwald*, Ödön v. Horváth, Bd. 95 *Glanz und Elend der Kurtisanen*, Honore de Balzac, Bd. 96 *Glück und Unglück der berühmten Moll Flanders*, Daniel Defoe, Bd. 97 *Götz von Berlichingen*, Johann Wolfgang v. Goethe, Bd. 98 *Gullivers Reisen*, Jonathan Swift, Bd. 99 *Heidis Lehr und Wanderjahre*, Johann Spyri, Bd. 100 *Heinrich von Ofterdingen*, Novalis, Bd. 101 *Hiob Roman eines einfachen Mannes*, Joseph Roth, Bd. 102 *Immensee*, Theodor Storm, Bd. 103 *Iphigenie auf Tauris*, Johann Wolfgang v. Goethe, Bd. 104 *Italienische Märchen*, Clemens Brentano, Bd. 105 *Ivannhoe*, Walter Scott, Bd. 106 Jahrmarkt der Eitelkeiten, William Makepaece Thackeray, Bd. 107 *Jane Eyre*, Charlotte Brontë, Bd. 108 *Jugend ohne Gott*, Ödön v. Horvath, Bd. 109 *Jürg Jenatsch*, Conrad Ferdinand Meyer, Bd. 110 *Kabale und Liebe*, Friedrich v. Schiller, Bd. 111 *Kasimir und Karoline*, Ödön v. Horvath, Bd. 112 *Kinder- und Hausmärchen*, Gebrüder Grimm, Bd. 113 *Kleiner Mann, was nun*, Hans Fallada, Bd. 114 *König Alkohol*, Jack London, Bd. 115 *Krambambuli*, Marie Ebner-Eschenbach, Bd. 116 *Lausbubengeschichten*, Ludwig Thoma, Bd. 117 *Lavinia - Pauline - Kora*, George Sand, Bd. 118 *Leben und Lüge*, Detlev von Liliencron, Bd. 119 *Lebensansichten des Katers Murr*, ETA Hoffmann, Bd. 120 *Lenz. Der hessische Landbote*, Georg Büchner, Bd. 121 *Lieutenant Gustl*, Arthur Schnitzler, Bd. 122 *Lord Jim*, Joseph Conrad, Bd. 123 *Luise*, Johann Heinrich Voß, Bd. 124 *Madame Bovary*, Gustave Flaubert, Bd. 125 *Märchen*, Wilhelm Hauff, Bd. 126 *Maria Stuart*, Friedrich v. Schiller, Bd. 127 *Max Havelaar*, Multatuli, Bd. 128 *Meister Floh*, ETA Hoffmann, Bd. 129 *Michael Kohlhaas*, Heinrich v. Kleist, Bd. 130 *Minna von Barnhelm*, Gotthold Ephraim Lessing, Bd. 131 *Moby Dick*, Hermann Melville, Bd. 132 *Nathan, der Weise*, Gotthold Ephraim Lessing, Bd. 133-1 und 133-2 *Nils Holgersson wunderbare Reise*, Selma Lagerlöf, Bd. 134 *Niels Lyne*, Jens Peter Jacobsen, Bd. 135 *Nußknacker und Mausekönig*, ETA Hoffmann, Bd. 136 *Oliver Twist*, Charles Dickens, Bd. 137 *Onkel Toms Hütte*, Herriett Beecher Stowe, Bd. 138 *Peter Schlemihls wundersame Geschichte*, Adalbert v. Chamisso, Bd. 139 *Peterchens Mondfahrt*, Gerdt v. Bassewitz, Bd. 140 *Pinocchio*, Carlo Collodi, Bd. 141 *Reinecke Fuchs*, Johann Wolfgang v. Goethe, Bd. 142 *Rheinmärchen*, Clemens Brentano, Bd. 143 *Rinaldo Rinaldini*, Christian August Vulpius, Bd. 144 *Robinson Crusoe*, Daniel Defoe, Bd. 145 *Romeo und Julia*, William Shakespeare Bd. 146 *Schach von Wuthenow*, Theodor Fontane, Bd. 147 *Schachnovelle*, Stefan Zweig, Bd. 148 *Schatzkästlein des rheinischen Hausfreundes*, Johann Peter Hebel, Bd. 149 *Schelmuffskys Reisebeschreibung*, Christian Reuter, Bd. 150 *Schloss Gripsholm*, Kurt Tucholsky, Bd. 151 *Siebenkäs*, Jean Paul, Bd. 152 *Sternstunden der Menschheit*, Stefan Zweig, Bd. 153 *Tao te king*, Laotse, Bd. 154 *Till Eulenspiegel*, Hermann Bote, Bd. 155 *Tolldreiste Geschichten*, Honorè de Balzac, Bd. 156 *Tom Jones, Geschichte eines Findelkindes*, Henry Fielding, Bd. 157 *Tom Sawyers Abenteuer und Streiche*, Mark Twain, Bd. 158 *Troquato Tasso*, Johann Wolfgang v. Goethe, Bd. 159 *Traumnovelle*, Arthur Schnitzler, Bd. 160 *Trost der Philosophie*, Boethius, Bd. 161 *Über den Umgang mit Menschen*, Adolph Freiherr v. Knigge, Bd. 162 *Uli der Knecht*, Jeremias Gotthelf, Bd. 163 *Uli der Pächter*, Jeremias Gotthelf, Bd. 164 *Ungeduld des Herzens*, Stefan Zweig, Bd. 165 *Ut oler Welt*, Wilhelm Busch, Bd. 166 *Vater Goriot*, Honorè de Balzac, Bd. 167 *Väter und Söhne*, Ivan Sergejeviç Turgenev, Bd. 168 *Verlorene Illusionen*, Honorè de Balzac, Bd. 169 *Von der Freiheit eines Christenmenschen*, Martin Luther – Bd. 170 *Von der Ursache, dem Prinzip und dem Einen*, Bruno Giordano, Bd. 171 *Vor Sonnenuntergang*, Gerhard Hauptmann, Bd. 172 *Walden oder Leben in den Wäldern*, Henry D. Thoreau, Bd. 173 *Wilhelm Meisters Lehrjahre*, Johann Wolfgang v. Goethe, Bd. 174 *Wilhelm Meisters Wanderjahre*, Johann Wolfgang v. Goethe, Bd. 175 *Wilhelm Tell*, Friedrich v. Schiller